오디션

무라카미 류 지음 | 권남희 옮김

예문

1

아오야마 시게하루가 재혼을 결심한 것은 아들 시게히코가 "재혼이라도 하는 게 어때요?"라고 한 말 때문이었다.

아내 요시코는 7년 전, 아오야마가 서른다섯 살, 시게히코가 여덟 살 때 바이러스성 암으로 세상을 떠났다. 암 진단을 받은 지 한 달 만에 생긴 일이었다. 젊은 나이에 걸린 암은 한 차례 수술을 했지만, 소용이 없었다.

"괴로워할 틈도 슬퍼할 틈도 없었어."

당시 아오야마는 친한 친구에게 이런 넋두리를 했다.

요시코는 규모는 작지만, 전통과 역사가 있는 악기 제조회사의 외동딸이었다. 클래식과 재즈를 사랑하는 아버지가 엄격하면서도 곱게 키운 딸이었다. 단아한 얼굴에 의지가 강했던 요시코는 항상 조용히 아오야마의 일과 생활을 내조해 주었다. 10년 이상 근무한 광고회사를 그만두고 홍보영상 제작회사를 차리는 모험을 한 것도 요시코의 이해와 협력이 있어서라고 아오야마는 지금도 생각한다.

거품경제 시대였다고는 하지만, 아오야마가 독립할 당시 그의 홍보영상 제작회사는 과다경쟁으로 언제 망할지 모르는 상태였다. 몇 개월이나 계속된 위기 속에서 구원해 준 이가 요시코의 아버지였다. 요시코의 아버지는 다양한 크기의 파이프 오르간 만드는 일을 하고 있어서 동아시아의 가톨릭교회와 교류가 잦았다. 마침 동아시아 신흥공업국에 VHS 비디오가 급속히 보급되기 시작했을 무렵이었다. 아오야마는 성경 일부를 알기 쉽게 설명한 비디오를 만들었는데, 그것이 성공하여 몇만, 몇십만 단위로 팔렸다.

그런 일이 있어도 요시코는 아오야마에게 유세를 부리는 일이 없었다. 요시코는 늘 다정했다. 그런 요시코에게 아오야마는 물론 존경과 감사의 마음을 갖고 있었지만, 회사원이었던 시절부터 외도 경력은 제법 화려했다. 기독교 비디오가 거짓말처럼 잘 팔리기 시작했을 무렵에는 롯폰기의 호스티스들과 어울려 백만 단위로 돈을 쓴 적도 있다. 그래도 요시코는 다정한 태도를 흩트리지 않고 시게히코의 교육에 정성을 들였다.

만약 아내가 죽는다면 나는 얼마나 자유로워질까. 그런 생각 해보지 않은 남자는 없을 것이다. 아내가 아이들 데리고 친정에 며칠 다녀오기를 손꼽아 기다리는 남자도 많다. 하지만 실제로 아내가 없어지면 대부분 남자는 아무것도 하지 못한다. 그때까지 자각하지 못했던 버팀목이 갑자기 빠진 느낌에 나쁜 짓을 하고자 하는 의욕조차 생기지 않는다.

요시코를 잃었을 때, 아오야마는 믿을 수 없을 정도로 무력감에 휩싸였다. 친구인 의사는 우울증 일보 직전이라고 진단했다. 스스로 과제를 설정하지 않으면 정말로 병이 될 거라는 말을 들은 아오야마는 자신에게 두 가지 과제를 주었다.

하나는 시게히코와 함께 있는 시간을 되도록 많이 만드는 것이었다. 시게히코도 쇼크 상태였고, 그때까지 요시코에게만 맡겨둔 탓에 제대로 된 대화를 하는 데 상당한 시간이 걸렸다. 공과 글러브를 사서 캐치볼을 하고, 게임을 하고, 영화를 보러 가는 등 생각나는 것은 무엇이든 했다. 특히 수영은 좋은 시간을 만들어 주었다. 수영이 서툰 시게히코에게 크롤과 평영을 가르쳤다. 근처 스포츠 클럽 회원권을 끊어서 매일 수영장에 다녔다. 시게히코가 크롤로 백 미터를 갈 수 있게 됐을 무렵에는 쇼크 상태에서 깨어나고 있다는 것을 둘이 거의 동시에 깨달았다. 요시코가 죽은 지 반년이 지난 뒤였다. 요시코가 죽은 것은 한겨울이었는데 계절은 장마철로 바뀌었다. 스포츠 클럽을 나와서 주차장까지 걸어갈 때, 시게히코가 수국을 손가락으로 가리키며 "예쁘죠?" 하고 말했다. 수영장에서 기분 좋게 지친 몸에 금방이라도 수국의 연보랏빛이 배어들 것 같았다. 정말 예쁘다고 아오야마는 생각했다. 쇼크 상태에 있는 사람들은 꽃을 보지 않는다.

두 번째 과제는 독일에서 세계적인 파이프 오르간 연주가를 초청하는 것이었다. 구(舊)동독 출신의 그 나이 지긋한 여성 연주가는 상업적인 공연 활동을 하지 않는 것으로 유명했다. 아오야마는 먼저 편지를 쓰는 것부터 시작했다. 편지를 쓰기 위해서는 기독교 역사를 비롯하여 바흐의 생애와 중세 유럽 문화에 관한 공부가 필요했다. 독일어도 배웠다. 동시에 공연장 찾기도 했지만, 그 여성 연주가의 이름만 말해도 전문 프로모터들에게 비웃음을 샀다. 아오야마는 그런 일련의 작업에 요시코 아버지의 도움을 빌리지 않았고, 그런 일을 하고 있다고 알리지도 않았다. 혼자 힘으로 하고 싶었다.

그 여성 연주가가 읽는지 어쩌는지도 모르는 편지를 2년간 계속 보내서 겨우 답장받았을 때, 그것이 공연은 할 수 없다는 정중한 거절의 답장이었음에도 아오야마는 눈물을 흘렸다. 당신의 연주를 최고의 악기로 녹음하여 기록하는 것은 신을 믿고 있는 우리들의 의무다, 하고 아오야마는 그 후에도 몇십 번이나 계속 편지를 보냈다. 사실 아오야마는 신을 믿지 않았지만, 그 옛날 동아시아 교회를 위해 만든 비디오가 도움이 돼서, 첫 편지를 보낸 지 5년 만에 그 여성 연주가는 메지로에 있는 음악대학 강당에서 단 한 번 무료 콘서트를 열었다. 아오야마는 그것을 비디오와 사진으로 기록했다. 누구보다 콘서트 성사를 기뻐한 요시코 아버지는 아오야마의 의도를 알아주었다. 그것은 물론 요시코에의 진혼과 홀로서기의 상징이었다.

열다섯 살이 된 시게히코는 174cm인 아오야마보다 키가 컸고, 지금은 평영도 크롤도 훨씬 빠르다. 시게히코는 생김새도 성격도 요시코를 닮았다. 아오야마는 요시코 아버지가 소개해준 스기나미구에 있는 임대주택에 살고 있다. 임대주택이라고 해도 대지가 250평이나 되는 훌륭한 저택이다. 소유주는 고령의 가요 작곡가로 낯선 사람에게 집이 팔리는 걸 싫어했다. 그는 현재 후지산 근처의 온천이 딸린 완벽한 간병 시설을 갖춘 맨션에 살고 있다. 매달 50만 엔이 넘는 집세도 지금의 아오야마에게는 그리 부담되지 않는다. 사무실은 시부야 메이지가의 다목적 빌딩에 있고, 직원은 열네 명이다.

시게히코는 도쿄 서부에 있는 사립고등학교에 다니며 영어와 화학을 좋아하고 친구도 많다. 어느 여름날 일요일 오후, 텔레비전에서 여자 마라톤 실황중계를 보다가, 느닷없이 재혼 얘기를 꺼냈다.

그때, 아오야마는 거실 소파에 길게 누워 캔 맥주를 마시고 있었다. 거실에서 유리문을 통해 정원이 보였다. 요시코가 손수 만들어 단 레이스 커튼 틈으로 정원에 있는 갱과 리에의 모습이 보였다. 비글인 갱은, 4년째 오고 있는 가사도우미 리에의 주변을 뛰어다니고 있다. 리에는 마흔아홉 살로 상송과 여행과 스왈로스(일본 프로야구팀의 이름 ―옮긴이)의 후루타 선수를 좋아하는 화통하고 성격 좋은 사람이다. 도우미 알선업체에서 소개해 주었는데 집도 가깝고 시게히코와도 성격이 잘 맞아서 장기 계약을 하게 된 것이다.

여자 마라톤이 시작된 지 20분쯤 지났을 무렵, 시게히코가 "뭐 보세요?" 하며 들어와서 텔레비전 반대편 소파에 걸터앉았다.

"웬일이냐? 집엘 다 있고."

소파에서 일어나 담배에 불을 붙이며 아오야마가 말했다.

"저녁에 나갈 거예요. 지금은 바깥이 너무 더워서요. 아버지는 웬일이세요?"

반년쯤 전부터 시게히코는 아오야마를 아버지라고 불렀다.

"웬일이라니, 뭐가?"

"마라톤 같은 걸 좋아하셨어요?"

"싫어하지."

"근데 왜 보고 있어요?"

"여자들이 달리기 때문이야."

"미인도 없잖아요, 전부 비쩍 말라서."

"언젠가는 마라톤에서 여자가 남자보다 빨라질 거야."

"왜요?"

"몸이 그렇게 돼 있어, 지방이나 그런 게 말이야. 언젠가 그 역사적인 날을 보고 싶어. 뭐, 오늘 당장은 무리겠지만."

"한가하군요."

"한가한 게 아냐, 가끔 멍하니 보내는 날도 필요해. 뇌도 쉬게 해야 하니까."

둘은 한동안 여자 마라톤을 봤다.

"우즈베키스탄 선수는 안 나왔어요?"

시게히코가 말했다.

"전철에서 이틀 건너 한 번씩 만나는 여자아이가 있는데요, 엄청나게 예뻐요. 요전에 큰맘 먹고 말을 걸었는데 우즈베키스탄 아이더라고요. 다치가와에 있는 케이크 가게에서 일하면서 간호학원에 다닌데요. 정말 예쁜 아이예요. 우리 학교에는 숨이 막힐 정도로 호박들뿐인데……. 중학교 때는 그래도 몇 명은 감탄할 만한 애들이 있었는데, 어떻게 된 걸까요? 예쁜 애들은 다 어디에 있는 걸까요?"

카메라가 선두 집단 한복판에 있는 일본인 선수를 쫓고 있다. 두 사람인데 둘 다 평범한 얼굴이다. 제법 예쁘다고 생각했던 일본인 선수가 몇 년 전에는 있었다. 바르셀로나였나, 서울이었나. 올림픽에서 본 것 같은데 아오야마는 도통 생각나지 않았다.

"하늘가재나 하늘소와 같아."

아오야마는 시게히코에게 말했다.

"멸종 직전의 흑표범이나 마다가스카르 해안의 실러캔스(고생대에 살았던 어류. 6백만 년 전에 멸종한 것으로 알려졌으나 아프리카 동해안에서 발견돼 '살아 있는 화석'으로 불린다 —옮긴이) 같은 서식 상황이 아닐까. 하늘가재도 늘 있던 곳에서는 보이지 않지만, 어딘가 숲 속의 나무뿌리 같은 데 있을 것 같은데?"

"백화점에도 있어요."

"비싸."

"예쁜 여자들은 다 어디에 있을까요?"

"후지 TV 가요 프로 대기실이나 롯폰기 지하 1층의 어두운 술집에 모여 있을지도 모르지."

아오야마는 역시 비싸, 하고 말하려다 그만두었다. 시게히코는 성격도 요시코를 닮아서 아주 성실하고 고지식한 면이 있다.

또 한참을 함께 여자 마라톤을 봤다. 아오야마는 마라톤을 보는 눈이 달라진 느낌이 들었다. 옛날 도쿄 올림픽에서 아베베 비킬라를 본 시절만 해도 마라톤은 무엇인가의 상징이었다.

그 당시엔 자신들 속에 있던 목적의식을 달리는 주자에게 오버랩하여 경기를 봤다. 그때만 해도 국가적인 목적의식이 있었고, 그것이 개인에게도 침투돼 있었다.

전후 2, 3년 안에 일단 기아는 수습했을 것이다. 그런데도 일본인은 엄청난 속도로 일을 계속했다. 생활을 풍요롭게 하기 위해서였을까? 그랬던 데 비해서는 어디도 풍요로움이 없다. 쾌적한 주거 공간도 없고, 주변 경치는 어딜 가도 지저분하고, 동물이라면 숨이 막혀 죽었을 꾹꾹 눌러 채운 만원 전철은 지금도 매일 아침 달리고 있다. 일본인이 원했던 것은 생활이 아니라 물건이다. 그리고 물건은 말할 것도 없이 일종의 정보이다. 물건은 흘러넘치고 정보는 여기저기 널려 있어 목적의식을 잃게 됐다. 그래서 대부분 사람이 행복이라고 하는 개념에 물들었다. 하지만 새롭게 강한 외로움이 생겨났다. 몸 상태가 좋지 않을 때 외로움이 몸을 덮치면 여러 가지로 까닭 모를 일이 일어난다. 불안해진다. 불안을 우선 끌 수 있는 것은 섹스라든가 살인, 폭력, 그런 종류다. 한 마라톤 경기에 참여하는 선수 전원이 같은 목적 아래 달리고 있다. 옛날에는 그렇게 생각하면서 텔레비전을 봤다. 그러나 지금은 다르다. 당연하지만, 각자가 다른 동기를 갖고 달린다. 이 나라에 태어난 사람이 그런 사실을 인정하는 건 상당히 고통스러울 것이다. 그런 생각을 하면서 멍하니 텔레비전을 보고 있을 때, 시게히코가 뜬금없이 이런 말을 했다.

"아버지, 재혼이라도 하는 게 어때요?"

그날 밤, 시게히코는 친구네 집에 갔다. 아오야마는 혼자서 저녁을 먹었다. 밥은 리에가 해놓았다. 걸어서 몇 분 안 되는 곳에 수입 식료품 전문 슈퍼마켓이 있어서 프랑스 달걀과 오리고기 로스트, 그리고 훈제 연어와 송이버섯을 사 왔다. 요리하는 걸 별로 좋아하진 않는다. 그래도 식사 준비하는 것이 고역일 정도는 아니다. 넓적한 접시에 살짝 익힌 송이버섯을 올리고 훈제 연어를 깔고 통조림 소스를 뿌리고, 신선한 통후추를 갈아서 뿌린다. 냉장고에는 십여 종의 맥주가 적당히 차가워져 있다. 옛날에는 이런 적이 없었다고, 아오야마는 벨기에 맥주를 마시면서 생각했다. 그 파이프 오르간 연주가를 만나느라 구동독의 작은 마을에 3주 정도 체류한 적이 있다. 라이프치히와 베를린의 한가운데쯤에 있는 위텐베르크라는 마을이었다. 식료품 이외의 물자는 빈곤했지만, 엘베 강가의 풍경만은 미치도록 아름다웠다. 대도시와는 달리 외국인용 식료품점이 없어서, 매일 아침 주민들과 함께 줄 서서 빵을 사고, 농가에서 야채와 고기와 수제 맥주를 몰래 나눠 받기도 했다. 화려함이라고는 조금도 없는 단조로운 3주일이었지만, 조금도 지루하진 않았다. 언덕 위, 돌로 만든 낡은 저택에 사는 나이 지긋한 여성 연주가를 매일 오후 정해진 시각에 찾아가 서툰 독일어로 콘서트와는 관계없는 얘기를 나누었다. 그 외에는 유유히 흐르는 엘베 강가 돌담길을 산책하고, 제2차 대전의 소련군 총탄을 줍기도 하다가 저녁 무렵에는 혼자 식사를 했다. 임대로 머물던 작은 집의 가스대가 엄청나게 구식이어서 불을 붙이느라 고생했지만, 겨우 붙은 그 불은 이상하리만치 푸른 불꽃이어서 한참을 보고 있어도 질리지 않았다. 그때는 정말 충실했어, 하고 아오야마는 생각한다. 그 충실감이 나를 바꿨다.

……그 후, 아오야마는 그 여성 연주가의 공연 준비와 실현으로 얻은 충실감을 기준으로 살게 됐다. 홍보 비디오를 만들 때도 결코 소홀히 하지 않았다. 일은 극히 순조로웠지만, 요시코가 건강했던 시절의 흩트러진 생활과는 멀어졌다. 여자가 있는 술집에 가지 않게 된 것도 아니고, 업무상 여자와 만날 기회가 적어진 것도 아니고, 섹스 상대가 없어진 것도 아니다. 하지만 연애라고 할 만한 것은 성립하지 않았다. 여자를 사귀는 게 겁이 난 것도 아니고, 요시코에게 죄책감이 있었던 것도 아니고, 시게히코를 의식해서도 아니다. 주변 친구며 지인이 한때 줄기차게 재혼을 권한 적이 있다. 내가 이런 말을 하는 건 좀 그렇지만, 하고 서두를 꺼내며 요시코의 아버지까지 30대 초반 고상한 여성의 사진을 갖고 온 적이 있다. 그러나 아오야마가 계속 거절하자, 더는

그런 유의 얘기를 하지 않았다.

동료 사이에서 아오야마는 모럴리스트로 평가받고 있다. 아오야마는 그 평가를 그대로 받아들이기로 했다. 단순히 귀찮았기 때문이다. 섹스 처리가 곤란할 정도로 인기가 없거나 가난했더라면 재혼을 생각했을지도 모른다.

요시코가 죽은 후 스스로 정한 두 가지 과제를 달성하는 데 양쪽 다 상당한 시간이 걸렸다. 그러나 잘 견뎌냈고, 그 후로도 신중하게 일을 선택해 업계에서도 탄탄한 지위를 확보했지만, 재혼하는 데 그렇게 엄청난 수고를 들일 마음은 들지 않았다.

하지만 시게히코는 말했다.

"뭔가 요즘에는 기운이 없고 초라해 보여요. 칙칙하다고 할까. 그러니 재혼이라도 하는 게 어때요?"

요시카와는 아오야마의 옛날 동료다. 20년 가까이 텔레비전 일을 해 오다, 지금은 영화에 관여하고 있다. 일과는 관계없이 요시카와하고는 자주 만났다. 서로 인정하는 부분도 있고, 푸념을 늘어놓는 일이 피곤하지 않은 상대다. 요시카와 같은 유능한 사람이 텔레비전에서 영화로 옮겨간 것은 영화 자체에 옛날 같은 열정이 되살아나서가 아니다. 비디오며 CD-ROM으로 대표되는 영화의 2차 사용에 관한 기술개발이 추진됐기 때문이다. 그렇다고 아예 2차 사용만을 생각하여 영화를 제작할 수는 없으므로, 메이저 영화사나 스폰서와도 복잡한 교섭이 필요하고, 그것들을 해내려면 요시카와 같은 인재가 필요하다.

요시카와하고는 언제나 호텔 바에서 만난다. 그날 밤은 요시카와가 아카사카의 호텔 바를 정했다. 하프 연주를 들을 수 있는 괜찮은 바다.

"남자끼리 여유롭게 마실 수 있는 바가 없어진 것 같아."

5분 정도 늦게 나타난 요시카와는 셰리주를 온더록으로 단숨에 마시더니 주변을 둘러보며 그렇게 말했다.

"봐, 영문도 모르는 커플투성이잖아. 저들은 정말로 맛있는 블러디 메리가 어떤 맛인지도 몰라. 뭐, 그런 것은 상관없지만, 저기 보라구, 젊은 여성 둘이 잇몸 드러내놓고 웃으면서 뭔가 마시고 있지. 저건 김렛인가? 이제 5년만 지나면 어떤 바든 모두 선술집 같은 분위기가 될걸."

"그렇다고 옛날이 좋았다고도 생각하지 않아. 옛날에는 뭔가 차별적이어서 싫었어. 그래도 옛날엔 괜찮은 바에 진짜 칵테일이 있었던 건 환상적이었지?"

"뭔가가 달라졌어, 엉망진창이 됐다고. 빈부 차가 없어진 탓도 아닌 것 같은데 말이야."

"우리가 단순히 나이를 먹어서만은 아닐 거야."

"한 가지는 말할 수 있어. 다들 십 년 뒤에도 같은 세상이 계속 될 줄 알지? 당연히 나이 열 살 더 먹고, 살아 있을 줄 알아. 지진이나 무차별 테러가 이렇게 많은데도 다들 그렇게 믿고 있잖아?"

"그래서?"

"그래서 무엇을 하든 지금이어야 할 필요는 없다고. 어떤 것이라도 마찬가지야. 길을 걷는 젊은 친구들 데이트부터 세제 개혁까지 꼭 지금이 아니어도 상관없어."

최근 요시카와를 만나면 이런 얘기가 많아지네, 아오야마는 생각했다. 둘 다 아직 40대 초반인데, 묘하게 늙은 느낌이 든다. 옛날에는 곧잘 요즘 젊은 사람들은 무슨 생각을 하는지 모르겠다는 말투를 썼지만, 그런 뉘앙스와도 다르다. 요시카와에게도 열여섯 살 되는 아들이 있어서 종종 함께 비틀스를 듣는다고 한다. 비틀스를 좋아한다면 요즘 일본의 쓰레기 같은 밴드 노래 따위 들을 필요 없을 것 같은데, 그렇지도 않은 것 같다.

요시카와는 회사 젊은 사원이 만든 음악 비디오 얘기를 했다. 지방 야구장에서 열린 여성 팝가수의 라이브 공연을 러프하게 편집한 걸 보는데, 거대 신흥종교 의식인 줄 알았다고 한다.

"복장과 얼굴 생김이 똑같은 사람 수만 명이 구장에 질서정연하게 앉아서 똑같이 일어서서 소리치고, 떼창 하고, 감격해서 눈물 흘리는데 정말로 즐거워 보이는 사람은 아무도 없었어. 모두 소름 끼칠 정도로 외로운 것 같았어. 재미있는 일은 아무것도 없습니다, 하고 얼굴에 쓰여 있는 거야, 대체 어떻게 된 걸까…….”

하프가 비틀스의 ‘엘리너 릭비’를 연주했다. 명곡인데, 하고 아오야마가 말하자 요시카와도 고개를 끄덕였다. 두 사람은 한동안 묵묵히 연주를 들었다. 아오야마는 옛날에 싱글 판으로 샀을 때 이 노래의 다른 쪽 면에는 무엇이 실려 있었던가 떠올리려고 애썼다. ‘닥스맨’이나 ‘옐로 서브 마린’이었다는 생각이 확실해졌을 때, 요시카와가 빙그레 웃으며 아오야마의 어깨를 쳤다.

“이제야 그럴 마음이 들었어?”

전화로 재혼 얘기를 조금 했다.

“좋은 일이야, 너라면 모두 축복해 줄 거야. 상대가 너무 젊으면 내가 좀 화낼지도 몰라. 대체 어떤 여자야?”

“지금부터 찾아봐야지.”

아오야마가 그렇게 말하자 요시카와는 믿을 수 없다는 표정을 지으며 빨간 벨벳 롱스커트를 입은 웨이트리스에게 셰리주를 한 잔 더 주문했다.

“더블로.”

웨이트리스는 네 명 있는데 모두 젊고, 미인이다. 아르바이트하는 학생들일까. 그렇다면 스무 살이나 스물한 살 남짓할 것이다. 아무리 그래도 너무 젊군, 아오야마는 생각하며 빨간 벨벳으로 둘러싸인 허리 언저리를 눈으로 좇았다.

"찾다니, 어떻게? 선이라도 볼 생각이야? 뭐, 지금의 너라면 그래도 괜찮은 여자를 만나겠지만."

"선은 싫어. 요시카와, 너도 선 본 적 있냐?"

"없어, 그런 것."

"나도 없지만, 선을 보면 먼저 밥부터 먹겠지? 그리고 마음에 들면 사귀어볼 거고. 그런데 말이야. 교제를 시작하고 다른 여자와 선을 봐도 괜찮을까?"

"그런 건 나도 몰라."

"몇 명을 동시에 사귈 수는 없겠지. 우선 내가 바쁘고 시간도 없으니까."

"어떤 여자가 좋아? 역시 젊은 여자가 좋지?"

"나이는 따지지 않겠지만 애들은 싫어. 가능하면 일이 있고, 뭔가 제대로 훈련이 돼 있는 편이 좋을 것 같아."

"훈련이라니?"

"클래식 음악교육이나 발레도 괜찮고……. 그런 거지."

"그건 이런 뜻인가? 요시코 씨와 닮은 사람을 원한다는 것?"

"아냐, 사람에게 자신감을 심어주는 건 제대로 된 훈련뿐이라고 생각해. 그리고 물론 자신감이 없으면 자립할 수 없고, 상대에게 의존하는 사람은 반드시 불행을 부르게 돼."

"꽤 까다롭군."

"까다로운가?"

"성악가나 피아니스트나 발레리나 그런 사람, 아무리 너여도 힘들걸. 오나시스 정도 되지 않으면 뒤를 봐주기 어려울 거야."

"꼭 성공한 전문직 여성이 아니어도 괜찮아."

"그러면 탤런트라도 좋다는 거야?"

"이미 연예계에 물든 여자는 왠지 싫어."

"그야 그렇겠지."

"가능하면 충분히 관찰할 시간을 갖고 싶어."

"흥신소라도 이용할 생각이냐?"

"바보 같은 소린……. 내가 얘길 해볼 거야. 이런저런 얘기를 해보고, 가능하면 많이 만나보고 싶어. 되도록 많은 여자를. 뭐, 나이야 20대 초에서 30대 초까지가 좋겠지."

잠깐만, 하고 요시카와는 아오야마의 얘기를 막고 나섰다. 새로 나온 셰리주를 한 모금 마시고, 턱을 괴며 생각에 잠기는가 싶더니 이윽고 복잡한 얼굴로 말했다.

"한 가지 방법이 있어."

그러고는 또 셰리주를 마셨다.

"오디션을 하는 거야."

2

"자, 나한테 다 맡겨. 나를 믿으라고. 지금까지 내가 너의 신뢰를 배신한 적 있냐? 웃긴 표현일지도 모르지만, 나는 오디션의 프로야."

그날 밤, 요시카와는 묘하게 들떠 있었다. 호텔 바에서 조용히 마시는 것만으로는 만족하지 못하고, 내가 가는 비장의 술집이 있어, 하며 택시를 타고 속이 훤히 들여다보이는 옷을 입은 여자가 미즈와리를 만들어주는 술집이 있는 롯폰기까지 갔다. 소파 테이블 사이에 무늬 있는 유리를 칸막이로 배치한 이탈리아풍 인테리어의 술집이었다. 유럽 재즈가 흐르고, 관리하기 힘들 것 같은 진기한 잎이 달린 관엽식물이 여기저기 놓여 있었다. 엄청 비싸 보이는 가게라고 아오야마는 생각했지만, 어째서

비장의 술집이라고 했는지는 알 수 없었다. 가게는 상당히 붐볐다. 카운터에서 마시는 남자도 있었지만, 요시카와는 VIP인지 가게 구석의 L자형 소파로 안내받았다. 안내해 준 사람은 과거의 술집 세계에서는 절대 볼 수 없을 스타일이었다. 20대 후반 남자로 귀와 코와 입술에 피어싱을 하고, 윤곽이 뚜렷한 얼굴에 휘파람새 색깔의 실크 슈트를 입었다. 15, 6분만 기다려주십시오, 하고 남자는 말하더니, 발렌타인 30년 산과 얼음통과 물과 잔을 둥근 테이블에 올려놓고 갔다. 가게가 붐벼서 호스티스가 올 때까지 15, 6분이 걸리는 거라고 아오야마는 이해했다.

"고급스럽고 분위기 있긴 한데, 굳이 비장의 술집인 이유는 뭐야?"

"이유는 단순해. 여자들이 바보는 아냐. 버블 붕괴로 폐허가 된 긴자 클럽에 있는 애들은 모두 디스코텍에서 금방 춤추다 내려온 바보의 견본 같은 여자들뿐이지? 아까 너도 말했다시피 뭔가 하는 여자들은 괜찮은 여자들이야. 여기 애들은 예뻐. 춤을 추거나 노래를 부르거나 연극을 하고 있지만, 그래도 포르노 배우나 누드모델이 되지 않고 훈련을 계속하는 건 의외로 어려운 일이지.

최근에 배우란 직업이 엄청나게 늘어난 거 알고 있나? 이상한 현상이야. 어디를 가도 배우들 천지고 그 대부분은 얼굴도 모르는 배우들이야. 만들어지는 영화 편수는 옛날과 별 차이 없는데, 배우 숫자는 아마 천 배 정도 늘어났을걸. 이건 정말 이상한 일이라고 생각하지만, 반대로 너에게는 그것이 플러스로 작용하겠지."

오디션을 하자, 하고 요시카와는 말했다. CF에 출연할 모델 오디션을 아오야마는 몇 번 한 적이 있다. 스튜디오에서 몇십 명의 모델이 수영복 차림으로 서 있는 것을 보고 아오야마는 인신매매, 노예 경매시장이라는 말을 떠올렸다. 물론 노예 같은 것은 아니지만, 모델들이 자신을 팔고 싶어서 수영복을 입고 줄지어 선 것만은 확실하다. 매매는 사회적 행위의 기초로 사는 것도 파는 것도 물건이다. 과연 그런 것을 개인적인 결혼에 이용해도 되나, 아오야마는 생각했다.

"뭐야, 너? 술도 안 마시고 잠자코 앉아서……. 오디션을 열자고 하는 내 기발한 아이디어가 마음에 들지 않아?"

아오야마는 발렌타인 30년 산 미즈와리를 입으로 가져가며 말했다.

"마음에 들지 않는 건 아냐. 하지만 마음에 걸려."

"너의 바램을 현실화하려면 방법은 그것밖에 없어. 돈 때문에 걱정스러워?"

"돈 문제가 아니라 공과 사가 불분명하잖아."

"그렇지. 그러나 나 역시 네 재혼을 위해서만 오디션을 하려는 생각은 아냐. 그랬다간 사기가 되기도 하고."

"사기라니?"

"아오야마 히게시루 씨의 재혼 상대를 모집합니다, 하고 공고를 내면 네가 찾는 재원이 몇 명이나 올 것 같냐?"

"글쎄……, 생각해보지 않았는데……."

"그렇다고 만들지도 않을 영화를 내걸고 오디션을 할 수는 없잖아. 그건 사기지. 내 생각에는 우선 제대로 된 영화 기획을 짜는 게 좋아. 멜로물로, 주인공은 20대 초반에서 30대 초반, 무엇인가 훈련을 거쳐 온 사람에 한하는 그런 줄거리로 모집하는 거지."

"그럼, 영화는 실제로 만들 건가?"

"그건 미리 정할 필요 없어. 투자자를 못 찾아서 엎어지는 영화가 일 년에도 수십 편이나 돼. 실제로 제작되는 영화는 얼마 되지 않아."

"그것도 역시 사기가 되지 않아?"

"아냐, 처음부터 만들 의사가 없는 영화를 내세워 오디션 하는 것과, 제대로 기획을 해서 투자자와 공연자와 각본까지 준비하고 오디션을 하는 건 전혀 달라."

"그러면 정말로 영화를 찍을 수도 있는 거야?"

"가능성은 적지만. 영화판이 워낙 의외가 많은 곳이라……."

"정말이야?"

"불같은 열정이 있어봤자 소용없어. 이 나라 흥행 시스템에 변화가 없는 한 집념이네 열정이네 그딴 걸로 영화를 만들 수는 없다고."

"그렇게 되면 나는 주인공과 결혼하는 건가?"

"싫어?"

"하지만 멜로물이라면 그 배우는 영화 속에서 내가 아닌 다른 남자 배우와 러브신을 찍게 되겠지? 솔직히 말해서 그런 건 싫어. 그리고 그 여자는 진짜 배우가 된 건데, 진짜 배우와 평온한 일상을 보낼 수 있을지 불안하기도 하고, 선입견인지도 모르지만, 배우는 아주 색다른 인종 같아."

"그야 너의 선입견만은 아니지, 그게 사실이니까. 이 세상에 제대로 된 인격의 배우는 존재하지 않아. 만약 존재한다면 난 중이 돼 똥구멍에 오이를 처박은 채 물구나무를 서서 사람 많은 바닷가를 산책해도 좋아. 그러니까 너의 재혼 상대는 주인공이 아냐. 생각해 봐, 주인공을 상대로 하면 영화를 만들 수 없을 때 뭐라고 변명할 거야. 그렇게 되면 변명의 여지가 없어. 영화는 사라질 가능성이 큰데 주인공이 돼서 기뻐하는 미래의 아내에게, 사실 영화는 만들지 못하게 됐다고 말할 수 있겠어? 만약 그렇게 말한다면 사랑이 식겠지. 단언하지만, 아무리 강렬한 사랑이었다고 해도 금세 사라지고 말걸. 그래서 너의 재혼 상대는 주인공이 아냐. 최종 심사에 남은 여자들도 아냐. 간신히 서류 심사를 통과해서 배우 할 감은 아니지만, 얼굴도 예쁘고 하니 2차 심사에 한 번 더 불러볼까 하는 정도의 애들이야. 너는 CF만 만드니까 잘 모르겠지만, 이런 여자아이 중에 반짝반짝 빛나는 보물이 상당히 있어. 천 명 정도 지원하는 그럭저럭 화제성 있는 오디션을 한다면, 그런 애들은 줄잡아 열 명쯤 있을걸. 그런 애들이란 게 어떤 애들인지 알아? 데리고 다닐 때 남자라면 열에 아홉은 돌아볼 만한 몸매에, 학력은 천차만별이지만 간혹 깜짝 놀랄 만큼 명문대를 졸업한 재원도 있지. 지적인 데다 발레나 피아노를 훈련했고, 사근사근하고 건방진 데 없는, 아아, 나도 20년만 더 젊었더라면……. 아니, 20년 젊었더라면 돈도 힘도 없겠지만 말이야. 아들 색시로라도 삼고 싶은, 하여튼 그런 생각이 드는 타입을 말하는 거야."

미즈와리를 한 잔 더 마시면서 요시카와는 들뜬 표정으로 그런 얘기를 했다. 그러나 결국은 그런 타입의 여자를 속이는 거겠지, 아오야마는 생각했지만 아무 말도 하지 않았다. 예쁘고 머리 좋고 집안도 좋은 데다, 고전적인 훈련을 쌓은 천사 같은 여자 열 명에게 둘러싸인 자기 모습을 상상했다. 그런 상상을 해서 기쁘지 않을 남자는 없다. 게이나 정신병을 앓고 있는 남자가 아니라면.

아오야마의 금욕적 경계심은 그런 기분 좋은 상상력에 허물어졌다. 그것이 후에 상상을 초월하는 공포와 악몽을 낳게 되리란 걸 알 리 없었다.

"너는 그런 수컷들의 이상형에 가까운 여자가 왜 최종 심사에 남지 않나 이상하게 생각하겠지. 그건 설명하자면 아주 길어지는데, 그것 말고도 설명하고 싶은 게 있으니까 간단히 말해두지. 기본적으로 표현을 해야 하는 여자는 불행하다는 거야. 남자는 어때? 표현해야 하는 남자는 불행해? 그렇지는 않잖아. 뭐 그런 얘기보다 내가 구체적으로 어떻게 오디션을 할지, 그게 더 듣고 싶겠지?"

아오야마는 고개를 끄덕였다. 미즈와리를 반쯤 마시고 요시카와의 얘기를 듣기 전에 가게 안을 둘러봤다. 여자는 그리 많지 않지만 어두운 조명을 감안하더라도 꽤 괜찮은 여자들만 모여있다. 옷이나 화장도 화려하지 않다. 흔한 샤넬 슈트를 입은 여자는 한 명도 없다. 손님층도 옛날 대기업 임원이나 한때 유행했던 부동산 회사 사람들, 치켜 깎은 머리에 아르마니를 입은 인종들이 아니다. 음악계와 컴퓨터 관련 회사에 종사하는 사람들이 대부분이다. 그들은 탄성이 날 만큼 돈을 갖고 있진 않지만 점잖다. 절도를 알고 있다기보다 떠드는 법을 모른다는 의미에서 점잖다. 아오야마는 요시코가 죽은 후 줄곧 잊고 있었지만, 점잖은 손님들 옆에 다소곳하게 앉아 있는 여자들을 바라보고 있다. 아오야마 자신은 깨닫지 못하고 있었지만, 그것은 수컷으로서의 시선이었다.

"방법에 따라 오디션은 돈이 아무리 있어도 부족한 법이야. '아사히 신문'이나 잡지 '피아'나 '도쿄 워커' 광고를 한 페이지 사면 그것만 해도 수백만이 들어. 그나마 정말로 유효한 신문이나 정보지의 광고 페이지는 대개 반년 후까지 예약이 돼 있지. 신문과 잡지는 강력하지만, 이번 같은 경우에는 맞지 않아. 그렇다면 가장 새로운, 예를 들어 컴퓨터 통신은 어떤가 하면 그런 것도 안 돼. 애인으로 삼고 싶다고 생각할 만한 여자가 PC통신이네 인터넷이네 전자메일이네, 그런 한가하고 인기 없는 남자들이 몰려 있는 미디어에 흥미가 있을 줄 알아?"

그래서 평범해 보이지만, FM 라디오로 가려고 해. 그것도 젊은 애들에게 가장 인기 있는 J. 웨이브나 마하라가 아니라, 도쿄 제1 FM이야. 이곳 임원인 요코다라고 하는 인간은 뼛속까지 멍청한 놈이지만 내게는 꼼짝도 못 해. 놈의 목이 위험할 때 스폰서를 잔뜩 찾아주었거든. 텔레비전에 비하면 FM은 단가가 싸고, 지금부터는 FM 시대입니다, 라고 하면 홀라당 속아 넘어갈 스폰서 같은 건 눈 깜짝할 사이에 3, 40개 정도는 찾지. 요코다한테 부탁해서 정규 프로그램 한 편을 통째로 이 오디션을 위해 쓰는 거야. 요코다가 제작하는 프로그램은 대개 우리 입김이 섞인 중소 기획회사이고 스폰서도 내가 찾아다 준 곳들이야. 선전부 사람들은 조금만 치켜세우면 똥을 보고도 백금이라고 할 정도로 멍청이들밖에 없지. 그러니까 추계 프로그램 편성은 이미 대부분 끝났겠지만, 지금 이 순간에도 어딘가에서 살고 있을 우리의 주인공이란 주제로 3개월짜리 프로그램을 한 편 만들어달라고 하면 요코다는 싫다고 하지 못해.

우리가 할 방송의 퍼스낼리티는 여자야. 대본은 우리 카피라이터한테 시킬게. 감독은 아무라도 상관없어. 1차 심사 공지는 프로그램 이외에서도 할 수 있어. 타이틀은, 그래, '내일의 주인공'이 어떨까? 음악은 신구 사운드트랙을 메인으로 하고, 시간대는 오전 중 늦은 시간, 학생을 먼저 노려야 해. 직장여성은 안 돼. 직장생활을 하는 건 문제가 아닌데, 직장여성 중에 동료들과 잘 지내는 애들은 나중에 속이기가 힘들어. 아니, 오해하지 마. 속이는 건 아니지만 요컨대 우리 계획에 동승할 목적의식 정도가 낮다는 거야. 집에서 놀고먹는 애들이 쓸 만해. 집안일을 좋아한다는 애들 중 정말로 요리나 청소를 잘하는 애는 한 명도 없을걸. 그런 애들이 가장 지루할 때가 오전 중 늦은 시간이야. 일어나 샤워하고, 영화를 보거나 콘서트에 가거나 데이트하기에는 이르고 텔레비전도 별로 볼 만한 걸 하지 않고 말이야. 그래서 마치 유두를 손가락으로 비트는 자위를 하듯이 카세트나 스테레오를 켜서 FM 방송국에 주파수를 맞추겠지. 몸이 깨어나지 않았으니까 선택하는 것은 온화하고 침착한 프로그램일 거고. 그래, 내일의 주인공이라도 들을까, 라디오에서 약간 낮은 톤의 여성 진행자 목소리가 흘러나와……. 아직 형태가 없는 것, 그것이 얼마나 로맨틱한지 상상해보세요. 데뷔 전의 오드리 헵번과 비비언 리와 줄리아 로버츠가 날마다 무엇을 하고 살았을까요? 그들은 지금 당신과 마찬가지로 자기가 머잖은 미래에 스크린에서 빛나게 되리란 걸 모르고 하루하루를 보냈겠죠. 그렇습니다. 누구나 주인공이 되기 전의 자신을 살고 있었습니다. 내일의 주인공들은 지금 당신처럼 살고 있습니다. 아뇨, 내일의 주인공, 그것은 당신입니다……."

시게히코의 여름방학이 끝나고 있다. 무섭게 더웠던 올여름, 시게히코는 친구들과 여행도 가고, 스키부 합숙도 다녀오고, 외갓집에 놀러도 가는 등 거의 집을 비웠다. 아오야마도 오봉(일본의 명절로 우리의 추석에 해당함 —옮긴이) 전후에 중요한 CF 프레젠테이션이 몇 건 겹쳐 거의 휴가를 갖지 못했다. 해마다 그랬듯이 아오야마는 시게히코와 함께 야마나카호에 있는 낡고 작은 호텔에 가기로 했다. 광고회사 시절, 수입 양주의 화보 촬영으로 그 호텔을 사용한 이후, 고즈넉하고 한적한 분위기가 좋아서 해마다 가족끼리 찾게 됐다.

처음에는 요시코와 둘이 갔고, 그다음에는 아기인 시게히코를 유모차에 태워 데리고 갔고, 지금은 지난 7년간 키가 쑥쑥 자란 시게히코와 둘이 가게 됐다.

야마나카호에서 차로 10여 분 거리의 숲 속에 있는 그 호텔은 특별히 호화로운 것도 아니고, 식사가 특별한 것도 아니고, 단골손님을 특별히 우대하는 것도 아니다. 천연 건재와 회반죽으로 지은 건물은 호수와 후지산을 전망할 수 있는 평평한 언덕의 중턱에 있어서 주변의 잡목림과 어우러져 있다. 호텔에는 앙투카 테니스 코트가 있고, 스무 개도 되지 않는 객실은 모두 넓고 한적했으며, 고원의 펜션처럼 손님끼리 강제적인 교류는 일절 없었다. 당연히 그 호텔에는 요시코와의 추억도 수없이 새겨져 있다. 결혼 전야, 특히 시게히코가 태어나기 전에는 곧잘 둘이 여행했는데 매년 어김없이 찾는 곳이라고 하면 야마나카호의 그 작은 호텔이었다. 처음에 둘이 함께 갔을 때 타고 간 차는 아오야마가 친구에게 빌린 블루버드 스리에스였다. 30회 할부로 아우디 중고를 산 것은 여름이 끝나갈 무렵에 중앙도를 지나 야마나카호의 그 호텔에 간 것이 계기였다. 차는 중고 아우디에서 신차 아우디로 바뀌었다가, 메르세데스 벤츠 190을 거쳐 요시코가 죽은 뒤에는 국산 세단으로 바뀌었다.

요시코가 죽은 해 여름에도 아오야마는 망설임 끝에 그 호텔에 갔다. 그때 일은 잘 기억한다. 시게히코는 아직 초등학교 저학년이었다. 슈만을 좋아하는 호텔 매니저는 요시코가 죽은 것을 모르고, 부인은 뒤에 오십니까? 하고 아무도 타지 않은 조수석 문을 열면서 물었다. 엄마는 죽었어요, 하고 시게히코가 묘하게 밝은 목소리로 말하자, 쓰르라미와 새소리가 냉랭한 공기를 타고 한층 크게 울렸고, 아오야마는 요시코가 두 번 다시 이 호텔 주차장 자갈밭에 설 일이 없겠구나, 생각했다. 요시코는 그때까지 몇 번이고 다양한 색과 디자인의 구두를 신고 그 산 중턱의 호텔 주차장에 내려서, 이곳에 오면 여름이 끝나간다는 걸 느껴요, 하고 입버릇처럼 말했다. 하지만 요시코의 그런 말을 듣는 일은 두 번 다시 없을 것이며, 요시코의 가느다란 다리가 자갈밭을 걸어가는 걸 보는 일도 두 번 다시 없으리라는 사실을 아오야마는 받아들여야만 했다. 가까운 사람의 죽음이란 그런 구체적인 사실을 하나하나 받아들이는 것임을 처음으로 깨달았다. 여덟 살 난 아이가 그런 사실을 받아들일 수 있을까, 하는 불안에 무너질 것 같으면서 4일 내내 시게히코와 테니스를 했다. 당시에는 둘 다 서툴러서 랠리는 길게 이어지지 않아 시시했을 텐데 시게히코는 그만하자는 말을 하지 않았다. 달리 할 일이 없다는 것을 여덟 살 난 아이도 알고 있었다.

"갱은 리에 아줌마와 잘 지내고 있을까요?"

조수석에서 시게히코가 그렇게 물었다. 8월이 끝나가는 평일에 중앙 고속도로 하행 길은 거의 차가 없고 하늘도 깨끗해서 사가미호를 지날 때는 눈이 없는 후지산을 먼발치로 볼 수 있다.

"그 녀석, 매일 밥 얻어먹으면서 리에 아줌마를 별로 좋아하지 않는 것 같아요."

비글인 갱은 5년 전, 이웃에 있는 애완동물 가게에서 입양했다. 그전에는 닥스훈트가 있었고, 요시코가 살아 있을 적에는 스코틀랜드테리어가 있었다. 비글을 고른 것은 막 열 살이 된 시게히코였으나 싫증을 잘 내는 성격이어서 꾸준히 돌봐주는 일은 없었다. 하루 두 번 먹이를 주는 것은 물론 도우미인 리에였고, 산책을 데리고 나가는 것은 주로 아오야마였다. 그래도 시게히코는 갱을 자기 개라고 생각했다. 갱이라는 이름을 붙인 것도 시게히코다.

"좋아하지 않을 리 있겠니, 리에 아줌마하고 곧잘 정원에서 놀던걸."

아오야마는 복잡하지만 쾌적한 기분으로 핸들을 잡은 채, 시게히코를 향해 그렇게 말했다.

재혼하고 싶다고 고백한 이후 요시카와는 우정 때문이라고는 도저히 생각할 수 없을 만큼 열성적으로 오디션 준비를 진행해 나갔다.

……프로그램은 벌써 정했어. 기획은 내가 데리고 있는 팀으로 준비하고, 프로그램 제목은 '내일의 주인공'이야, 멋지지? 진행자는 그럭저럭 잘 나가는 미국에서 귀국한 20대 재즈 가수야. 영화 줄거리를 소개하는 코너 아이디어도 괜찮고, 평도 좋아. 요코다한테 빚을 지는 거라고 생각했는데, 너무 평이 좋아서 오히려 인사를 들었어. 우리 팀 젊은 친구들도 영화를 좋아하는 애들이 많아서 분위기 죽여줘. 메이저 배급회사와 클라이언트에게 매일 찾아가고, 각본을 쓰는 녀석까지 나올 정도야. 그런데 너무 독주하면 네가 오디션에 참가하는 것이 불편해질 것 같아서 젊은 놈들을 진정시키고 있는데 말이야, 너희 회사에서 독일 텔레비전 방송국과 공동 제작한 좀 색다른 다큐멘터리 있지? 왜, 허리를 다친 발레 댄서와 초로의 기둥서방과 자폐증 소년 얘기. 그걸 바닥에 까는 건 어떨까? 그렇게 하면 너를 자연스럽게 프로듀서 중 한 사람으로 넣을 수 있고, 어쩌면 최고의 재혼 상대를 손에 넣는 데다가 실제로 영화를 만들어 돈이 들어올지도 모르잖아. 그렇게 되면 벌을 받을지도 모르겠군. 아직 프로그램이

3회밖에 나가지 않았는데, 놀라지 마, 지원자는 벌써 2천 명을 넘었어. 대상 연령층을 넓게 한 것이 적중했겠지. 영화란 게 딴 속셈이 있는 편이 잘 될지도 몰라.

"갱은 그래 봬도 꽤 품위 있다고 할까……. 그런 성격이에요. 잘 모르겠지만, 부끄럼을 잘 타서 아무에게나 잘 따르는 개는 아녜요. 리에 아줌마는 무신경한 데가 있잖아요. 엄마가 좋아했던 비싼 컵을 씻다가 깨기도 하고"

"겨우 3일이니까 어떻게 되겠지."

시게히코는 출발 전에 18인치 비디오 내장형 텔레비전을 트렁크에 넣었다. 수십 편의 전쟁영화 비디오를 빌려서 아오야마와 함께 볼 생각이었다. 차에는 비틀스 중기 곡이 흘렀다. 아오야마는 클래식을 듣고 싶었지만, TMN시절의 고무로 데쓰야를 듣고 싶어 하는 시게히코와 충돌하여 서로 타협한 끝에 비틀스로 결정을 봤다. 곡이 '사랑이 모든 것'으로 바뀌고, 시게히코의 화제는 갱에서 베트남 정글전으로 옮겨갔지만, 아오야마는 줄곧 2천 명의 여자에 관해 생각했다. 2천 명의 여자를 상상할 수는 없었지만, 무한한 가능성에 기분이 고양됐다. 요시코가 죽은 해 여름의 기분과는 완전히 달랐다. 그때는 시게히코에게 절대로 눈물을 보이지 않도록 하자, 그 생각만 하며 핸들을 잡고 있었다. 아무리 지독한 상처에서도 언젠가는 자유로워져 새로운 가능성이 순식간에 생겨날 수 있다. 이런 당연한 사실이 너무나 신선하게 느껴져서 기분이 좋아졌다. 지금부터 체크인하고, 시게히코와 3세트의 테니스를 하고, 각자 방에 있는 욕조에 들어가 목욕을 한 뒤, 호반의 중국 레스토랑에서 샥스핀과 전복을 먹고, 그다음에는 또 2천 명의 여자를 생각하면서 '햄버거 힐', '플래툰'과 '람보'를 본다……. 매우 단순하고, 건강하고, 쾌락적이다.

"아버지, 베트콩은 정말로 그렇게 강했어요?"

"정글에서는 무적이었어."

"그린 베레모(제2차 세계대전 당시 영국 특공대의 공식 머리장식 —옮긴이)도 못 당했죠, 스페츠나츠(소련의 특수임무부대 —옮긴이)도 질까요?"

"스페츠나츠는 베트콩과는 싸우지 않아."

"그래도 만약 싸우면 스페츠나츠도 베트콩에게는 질 거예요."

"그래, 정글에서는 아무도 베트콩을 당해내지 못하겠지."

"부비트랩(건드리거나 들어 올리면 폭발하도록 임시로 만든 장치 —옮긴이) 같은 건 대단했죠."

"맞아, 함정에 죽창이 꽂혀 있었지. 다리만 노리는 작은 함정이라도 밟으면 판자가 튀어 올라 스파이크가 가슴에 찔리거나."

"스파이크에 독이나 똥을 발랐었죠."

"똥은 탄환이나 헬리콥터와 달리 공짜니까."

"무시무시해요. 최대한 더러운 똥을 사용했겠죠. 검변 같은 걸 해서 세균이 잔뜩 들어 있는 사람의 똥을 사용했을 거예요."

비틀스의 CD가 끝나자, 아오야마는 시계를 보고 도쿄 제1 FM에 채널을 맞추었다. 부드러운 여자의 목소리가 들려왔다. 뭐예요, 왜 라디오를 들어요, 하고 시게히코가 물었다.

당신은 지금 어디에 있는가. 믿을 수 없는 일이란 것도 일어날 수 있다. 조금만 용기를 내면…….

야마나카호에서 돌아가면 곧바로 서류 심사가 시작된다. 2천 명이라, 아오야마는 시게히코에게 들리지 않도록 중얼거렸다.

3

야마나카호에서의 첫날밤에는 '람보' 세 편을 보기로 했다. 1편을 보고는 "정말 좋은 영화네요, 람보가 불쌍해요" 하고 마지막 장면에서는 살짝 눈물마저 글썽였던 시게히코였지만, 2, 3편을 보는 동안 불만을 터뜨리더니, 3편 마지막 장면에서는 화를 냈다.

"뭐야, 이건 너무해. 말을 타고 돌격하면서 공격용 헬기를 이길 리 없잖아. 이건 보는 사람을 무시하는 거야, 삼국지나 칭기즈칸도 아니고."

새벽 2시가 지나서야 시게히코는 컴퓨터를 쓴다고 방에 혼자 있고 싶어 했다.

"어디 가서 술이라도 마시고 오세요. 컴퓨터에 무지한 사람이 보고 있으면 안정이 안 되니까."

아오야마는 코냑 병과 잔을 들고 방을 나왔다. 호텔 전체에는 고요가 감돌고 있었지만, 로비 옆 라운지에는 불이 켜져 있다. 넓지는 않지만, 소파는 아주 편안했고 테이블마다 독서 등이 있다. 아오야마는 손 주변만 비추도록 조정된 독서 등의 부드러운 불빛 아래에서 요시코와 오디션에 관해 번갈아 가며 생각하면서, 코냑이 뜨겁게 목을 타고 내려가는 감촉을 즐겼다. 지금까지도 몇 번이나 생각했지만, 요시코의 죽음은 자신에게 결정적인 계기가 됐다. 요시코의 죽음으로 자신이 달라진 것도 아니고 달라지기를 바랐던 것도 아니다. 하지만 인생에서는 때로 누구도 바라지 않는 일이 일어난다. 그때까지 정성스럽게 쌓아 올린 것이 한순간에 무너지는 듯한 일이. 그것은 누구 탓도 아니지만 혼자 감당하기 어려운 상처가 생긴다. 그 상처는 도저히 받아들일 수 없어서 모두 그 괴로움에서 벗어나려고 발버둥 친다. 상처를 낫게 하는 것은 시간뿐이다. 상처가 치유되려면 오랜 시간이 걸린다. 상처가 너무 깊은 경우에는 시간에만 몸을 맡기고 하루가 끝났으니 오늘은 우선 나의 승리다, 라고 생각하는 것이 최상이다. 그렇게 해서 몇 주, 몇 개월이 지나면 치유의 징조가 보인다. 그렇게 해서 상처에는 천천히 딱지가 앉아가지만, 아이들에게는 그게 해당하지 않는다. 시게히코는 요시코가 떠난 뒤 몇 개월 동안 신경질적으로 뭔가를 찾았다. 몇 군데 테니스 스쿨에 다니고, 밤새워 전자오락이나 컴퓨터 게임을 하고, 싸움을 하고는 곧잘 얼굴이 피투성이가 돼서 돌아왔다. 자포자기한 듯이 보였지만, 한편으로 뭔가를 필사적으로 찾고 있는 모습이기도 했다. 그것만 있으면 상처를 생각하지 않아도 될 수 있는 뭔가를. 상처를 치유하기 위해 그저 시간에 몸을 맡기기만 하는 것은 자신을 죽이는 것, 잠정적으로 죽음을 받아들이는 것이다. 아이는 그런 것은 할 수 없다. 그래서 시게히코는 시간을 받아들이는 것이 아니라, 상처로부터 자유로워지기 위해 신경질적으로 뭔가를 찾았다. 그것을 발견했는가 어떤가 하는 것은 문제가 아니다. 찾는다고 하는 행위 속에서 상처와의 거리가 생기기 때문이다. 아오야마는 시게히코를 따라 한 건 아니지만, 환상의 파이프 오르간 연주자를 일본에 초청하겠다고 하는 목적의식을 발견했다. 그 일이 없었더라면 지금의 자신은 아무 데도 없을 것이고, 요시코의 죽음이 없었더라면 그러한 목적의식은 발생했을 리 없다. 요시코의 죽음이 결정적인 계기였다고 생각하는 것은 그런 이유에서다.

잘 닦아놓은 티크목 테이블에 '뉴스위크'가 놓여 있어 아오야마는 훌훌 페이지를 넘겼다. 미국인 손님이 잊고 간 것일 테다. 이 호텔 오너는 분위기 연출을 위해 외국 잡지를 갖다 놓는 일은 하지 않는다. 사진 한 장이 아오야마의 눈에 들어왔다. 뉴욕의 거지 소년 사진. 이 아이는 열여섯 살, 태어나서 한 번도 누군가에게 안긴 적이 없다는 캡션이 붙어 있다. 아오야마는 그 소년의 얼굴을 한참 동안 바라봤다. 상처만으로 성립된 사람의 얼굴이었다. 시간도, 히스테리도, 목적의식도 없다. '상처'만으로 성립된 얼굴, 아오야마는 생각했다. 이런 사람은 감정에 전혀 무관하게 생물을 죽일 수 있겠지.

……아빠가 사업에 실패해서 우리 가족은 그때까지 살던 큰 집에서 단칸방으로 옮겨야 했습니다. 엄청난 빚이 있었습니다만, 그때까지 아빠는 집에 있는 일이 별로 없어서 저는 조금 기뻐했던 기억이 납니다. 그해 설날, 거리는 멋지게 차려입은 사람들로 가득한데 우리 방은 어둡고 추웠으며 아무것도 없었습니다. 그 방에서 우리는 몸에 담요를 감고 영화를 봤습니다. 아주 옛날 영화였습니다. 무척 웃긴 것이었는데 마지막에는 조금 슬퍼서 울어버린 그런 영화였습니다. 아빠도 엄마도 오빠도 언니도 모두 눈물이 나도록 웃다가 마지막에는 조금 울었고, 좋은 시간을 함께 보냈다는 만족감으로 가득했습니다. 그때였습니다. 제게, 배우가 되고 싶다. 영화를 찍고 싶다는 강한 욕망이 생겨난 것은…….

어때, 가슴이 뭉클해지지, 하고 이력서 다발을 테이블에 쌓아 놓은 요시카와가 말했다. 예전에는 아오야마도 근무했던 국내 최고 광고회사의 영업 제2과장인 요기사와의 사무실이었다.

"이력서에 사진 외에 짧은 자기소개를 붙이게 한 아이디어가 신의 한 수였어. 글은 사진보다 이미지가 구체적이거든. 그건 그렇고, 봐, 이 지원량을. 최종적으로 4천 명이야. 여기에서 백 명 정도 눈에 띄는 인물을 골랐어. 다시 서른 명 정도로 줄일 거야. 이거다 싶은 게 있으면 이 파일 케이스에 넣어줘."

젊은 사원이 녹차를 갖고 왔다. 그리 넓지 않지만, 데스크와 소파 세트를 갖춘 전용 사무 데스크 등 뒤 전면 유리창으로는 긴자가 보인다. 차를 날라다 준 사원이 방에서 나가는 것을 아오야마는 눈으로 좇았다. 마흔을 넘어서부터 얼굴이나 가슴보다 다리에 눈이 가게 됐어, 하고 동료 카메라맨이 말한 적 있다. 정말로 다리는 중요해, 아오야마는 생각했다.

아오야마는 눈앞에 쌓인 백 명분의 이력서를 보며 생각했다. 당연하다고 하면 당연한 일이지만 얼마나 차별적인가. 4천 명을 넘는 지원이 있었고, 그 가운데에서 '눈에 띄는' 백 명분 정보가 테이블에 올려져 있다. 그 외 3천9백 명은 라면 상자에 들어간 채 방구석에 방치돼 있다. 백 명 가운데 또 30명을 선별한다고 한다. 선별…….

“다음 주부터 면접할 거야. 이틀은 걸려. 벌써 회의실도 준비해 두었어, 스케줄은 괜찮겠지?”

“영화는 정말 만들 수 있을 것 같아?”

“그건 몰라. 각본이 완성돼서 언뜻 봤는데 대단하더군. 스폰서 찾기는 진전이 없어. 너도 알겠지만, 꼭 필요한 것은 돈과 각본이지 배우와 감독이 아냐.”

“그럼, 영화는 무리라는 거네.”

“어차피 애초의 목적은 네 재혼 상대를 찾는 거잖아. 아니면 뭐야? 인제 와서 꺼림칙하다는 거야? 아오야마, 이럴 때는 말이야, 우선 해보는 거야. 우리가 뭐 나쁜 짓 하냐? 재혼 상대를 찾는 거야, 신붓감이라고. 네가 앞으로 평생 보호해야 할 상대를 찾는 거란 말이야. 그야 뭐, 애인이라면 벌을 받을지도 모르지만.”

벌이라, 하고 아오야마는 요시카와한테는 들리지 않는 목소리로 중얼거리며 이력서와 사진을 보고, 후보자를 물색하기 시작했다.

“사진이란 정말로 불확실해. 보정하고 안 하고의 의미가 아니라 얼굴 각도나 광선의 가감으로 터무니없이 미인으로 보이는 일도 있고 그 반대도 있어. 만나보고 싶다는 생각이 조금이라도 들면 파일 케이스에 넣어둬.”

요시카와는 그렇게 말했다. 아오야마는 고개를 끄덕이며 젊은 여성 백 명의 사진을 체크해 나갔다. 대부분 미인이었다. 이력서를 보고 클래식 음악과 발레 훈련 경험이 있는 사람을 우선했다. 자기소개에는 여러 가지 얘기들이 쓰여 있지만, 결론은 자기는 배우가 적성에 맞는다고 생각한다, 배우야말로 자기 재능을 살리는 길이라고 생각한다, 자기는 배우가 되기 위해 지금까지 살아왔다고 생각한다, 하고는 끝에는 반드시 그러니 기회를 주십시오, 하고 끝을 맺었다. 배우를 해본 적도 없는데 그들은 어째서 그렇게 적성에 맞는다고 생각하는 걸까, 하고 아오야마는 의아했다. 그것은 현 상황에 불만을 품고 있다는 게 아닐까. 배우 활동을 동경한다기보다 전혀 다른 삶의 방식을 택하고 싶다는 것뿐이지 않을까. 그런 여자를 반려자로 맞다니, 무리가 아닐까. 개중에는 소름 끼칠 정도로 대단한 미인도 있고, 음악이나 발레나 어학이 상당한 수준에 있다고 생각되는 사람도 있다. 하지만 오로지 '배우가 되고 싶다'라고 생각하는 사람은 어딘가 이상하다. 그렇다고 한다면 이 계획 자체가 잘못됐다는 말이 된다. 그런 생각을 하면서 아오야마는 기계적으로 이력서를 넘기다가 그 여자를 발견했다.

야마자키 아사미. 24세. 신장 161cm. 체중 45kg. B-82, W-54, H-86. 도쿄도 나카노구 출신. 2년간 근무했던 무역회사를 그만두고 현재는 무직. 양친 생존. 취미는 음악과 댄스. 클래식 발레 경력 12년. 특기는 댄스와 피아노와 과자 만들기.

……회사를 그만두고 이참에 평소 가고 싶었던 스페인으로 이주해 버릴까 생각하고 있을 때, 라디오에서 이 오디션 얘기가 흘러나왔습니다. 배우가 뭔지도 모르는 제가 이렇게 지원해도 아마 뽑히지 않을 거라고 생각합니다. 다만, 줄거리에 무척 끌렸습니다. 허리를 다친 댄서 얘기. 실은 저도 줄곧 발레를 해 오다 열여덟 살 때 허리를 다쳤어요. 프리마돈나가 될 만한 그릇이라고 생각하진 않았지만, 런던 유학을 준비하기 직전이어서 눈앞이 캄캄해졌습니다. 극복하는 데 몇 년 걸린 것 같습니다. 줄곧 최우선 사항이었던 것이 어느 날 돌연 무너져버렸죠. 조금 오버일지도 모릅니다만, 어떤 의미에서는 죽음을 받아들이는 것과 비슷했습니다. 원래 살아간다는 건 조금씩 죽음에 가까워지는 것입니다. 저는 그것만은 몸소 느끼고 있습니다. 이 영화에서라면, 하는 생각으로 지원했습니다…….

아오야마는 야마자키 아사미의 사진을 몇 번이나 바라보며 자기소개를 몇 번이나 되풀이하여 읽었다. 사진은 보통 스냅으로 조금 고개를 숙였으나 눈은 또렷이 카메라를 응시하고 있다. 눈의 힘이 강하다고 아오야마는 생각했다.

결국 최종 면접 인원은 31명이 됐다. 아오야마는 사무실로 돌아와 부하 직원들에게 오디션에 관해 설명했다. 물론 재혼 상대 찾기라고는 말하지 않았다. 전에 있던 회사 동료에게 부탁받아 영화 원안을 빌려주었다, 프로듀서 역할을 맡게 될지도 모르지만, 우리 회사에는 리스크가 없다, 만약 영화화가 실현되면 원안 개런티가 얼마간 들어올 것이며, 비디오그램의 저작권료도 교섭해 볼 생각이다, 그런 식으로 얘기하자 직원들은 이해했다.

직원들에게 설명하는 동안에도, 집에 가서 갱을 산책시킬 때도, 야마자키 아사미가 머리에 떠올랐다. 자기도 믿을 수 없는 일이지만, 이미 야마자키 아사미밖에 없다고 마음속으로 정했다. 아오야마에게 그런 결심을 하도록 한 것은 야마자키 아사미의 강한 눈빛도, 그 용모도, 클래식 발레 경력도 아니었다.

"……조금 오버일지도 모릅니다만, 어떤 의미에서는 죽음을 받아들이는 것과 비슷했습니다"라고 하는 그의 말 때문이었다.

갱은 비글견 습성으로 여러 가지 것의 냄새 맡기를 좋아한다. 걷고 있는 시간보다도 냄새를 맡는 시간이 길다. 평소 같으면 초조해져서 사슬을 잡아당기며 걷자고 재촉했을 텐데, 야마자키 아사미를 생각하고 있던 아오야마는 오히려 번번이 갱에게 빨리 가자고 재촉당했다. 아오야마는 이미 어떤 정경을 상상하고 있다.

…… 시게히코는 저녁 식사를 마치고 자기 방에 들어가 컴퓨터 앞에 앉았다. 키보드를 두들기는 소리와 컴퓨터 전기음이 희미하게 들려오는 거실에서 아오야마는 코냑을 마시고 있다. 그곳으로 야마자키 아사미가 잔을 들고 나타난다. 주방에서 설거지를 끝내고, 휴식 시간을 함께 보내려고 잔에 얼음을 넣어 미소 띤 얼굴로 소파에 앉는다. 나도 조금 마시고 싶어요, 뭐, 이런 식의 말을 아사미가 한다.

"얼음을 넣어도 될까요, 이런 브랜디는 스트레이트로 마시는 게 정석인가요?"

"그런 건 없어, 맛있는 술은 어떻게 마셔도 맛있는 거야. 콜라를 타서 마셔도 맛있어."

"시게히코가 나를 인정해 주는 것 같아서 기뻐요. 내가 열다섯 살 무렵을 생각하면 꽤 복잡한 기분이었던 것 같은데, 쑥스러워하지 않고 엄마라고 불러주고."

"실은 말이야, 재혼을 권한 게 그 녀석이야."

"거짓말!"

"아냐, 정말이라고. 저 녀석은 아주 고통스러운 경험을 했지만, 그래도 타인에게 부드럽게 대할 줄 아는 남자로 자라주었어. 아니, 몇 번이고 얘기했지만 말이야. 당신이 오디션에 지원하면서 썼던 것, 죽음을 받아들인다는 얘기 말인데, 우리는 이미 그런 경험을 했어. 그래서 아주 자연스럽게, 급속하게, 말로 하는 설득 같은 것 없이 서로를 이해할 수 있었던 거야. 그렇게 생각하지 않아?"

야마자키 아사미는 코냑 잔을 기울이면서 고개를 끄덕인다……. 그런 상상을 하다가 아오야마는 갱이 갑자기 끌어당겨 현실로 돌아왔다. 수컷 푸들이 바로 옆을 지나가서 갱이 그쪽으로 달려가려고 했다. 대체 오늘은 어찌 된 일입니까, 하는 표정으로 갱이 이쪽을 보고 있다. 아오야마는 갱의 시선에 자기가 미소 짓고 있다는 것을 깨달았다. 입가도 풀어져 있다. 야마자키 아사미를 생각하는 것만으로 얼굴 근육이 한껏 이완되고 있다.

아오야마는 야마자키 아사미라고 하는 여자에 관해 아직 아무것도 모르고 있다.

"아, 미안하지만, 다음 사람에게 좀 기다려달라고 해줘. 5분간, 휴식!"

예전에는 아오야마도 몇 번 회의했던 살풍경한 방에서 요시카와가 젊은 사원에게 그렇게 말했다. 면접 첫날, 낮 1시부터 시작하여 아오야마는 이미 일곱 명의 후보자를 만나고 있다. 회의실 앞 복도에 의자를 두 개 놓고 후보자에게 순서를 기다리게 하고는, 10분 간격으로 한 사람씩 불렀다. 다음 분, 부탁합니다, 하는 안내를 젊은 사원이 해주고 있다.

"이럴 때는 되도록 저들을 긴장시키는 편이 좋아."

이런 요시카와의 의견으로 영업 제2과에서 가장 미인에게 안내를 맡겼다. 폴라로이드를 찍고, 비디오를 돌리는 것은 요시카와의 부하 사원이 했다. 면접을 하는 것은 요시카와 아오야마 두 사람뿐이다.

"요코다도 오고 싶다고 했는데 거절했어. 너도 제삼자가 있는 건 싫지?"

요시카와는 워드프로세서로 만든 후보자 리스트를 아오야마에게 건네면서 면접이 시작하기 전에 그렇게 말했다. 아오야마는 리스트를 보고 야마자키 아사미라고 하는 이름에만 주목했다. 야마자키 아사미는 열일곱 번째 순서였으며, 예정 시각은 오후 3시 50분이었다. 아오야마는 다른 여자에게는 거의 흥미가 없었다.

"이봐, 너도 뭔가 질문을 해. 형식적이라도 괜찮으니까."

여자들은 모두 어깨와 손가락 끝이 떨리는 것이 느껴질 정도로 긴장하여 90도로 인사를 하며 회의실로 들어온다. 안내하는 사원이 의자를 권하면 앉기 전에 또 깊숙이 허리를 굽힌다. 아마 의식적으로 하는 것이겠지만, 요시카와는 그들에게 사무적으로 대응했다.

이름은?

나이는?

키는?

지금까지 영화와 텔레비전에서 일한 경험은 있나?

보통 한가로울 때는 뭘 하나?

디스코텍 같은 델 가나?

최근 재미있다고 생각한 영화는?

좋아하는 배우는? 목표로 하는 인물이라도 괜찮은데…….

1천만 엔이 있다면 어디에 쓰겠나?

지금 입고 있는 옷 브랜드는?

자신에게 자랑할 수 있는 곳은 어딘가?

한국 식당에 가본 적이 있는가?

좀 웃어보겠나?

잠깐 일어서서 걸어보겠나?

만약 이 오디션에 붙었는데 남자친구가 반대한다면 어떻게 하겠나?

아버지 직업을 물어도 될까?

책은 읽나? 맨 처음부터 읽는가?

가장 가고 싶은 나라가 있다면?

개와 고양이 중 더 좋아하는 것은?

싫어하는 타입의 남자는 어떤 사람인가?

음악은 어떤 것을 듣는가?

이글스와 스톤즈, 어느 쪽을 좋아하는가?

클래식도 듣나?

세계 3대 테너를 아는가?

카레라스와 도밍고와 파바로티 중 누구를 가장 좋아하는가?

최근 꾼 꿈 가운데 기억나는 내용은?

속박당하는 것은?

UFO에 관심 있나?

본인이 미인이라고 생각하나?

어릴 적에는 뭐가 되고 싶었나?

불륜이나 결혼에 관해 어떻게 생각하나?

일식집에 가면 무엇을 먼저 먹는가?

술집에서 일하겠다고 생각한 적은?

술집을 해보겠다고 생각한 적은?

마약을 해보고 싶다고 생각한 적은?

"왜 나한테만 질문을 시키는 거야. 설마 여기까지 와서 의욕을 잃었다고 하진 않겠지."

요시카와가 정말로 조금 화를 내고 있어서 아오야마는 야마자키 아사미의 얘기를 했다.

"나 원 참."

요시카와는 쓴웃음을 지었다. 그리고 야마자키 아사미의 이력서와 자기소개를 꼼꼼히 읽었다.

"이것만으로는 몰라, 이것으로 결정하는 건 위험해."

"알아, 그렇지만 다른 사람에게는 전혀 흥미를 느낄 수가 없어. 어쩔 수 없잖아."

"직감인가? 유명한 말이 있지. 직감을 믿어라, 우주는 너를 이끈다."

"누가 한 말이야?"

"알 게 뭐야. 그러나 너, 정보를 더 모아야 해. 다른 여자와도 얘기해야 하고, 그 때문에 오디션을 하는 거니까."

폴라로이드와 비디오 담당 부하가 눈치채지 않도록 요시카와는 재혼 상대니 하는 말을 피해 가며 얘기했다. 오디션 목적을 아는 것은 두 사람뿐이다.

"확실히 묘한 매력이 있긴 하네, 이 아사미라는 애는……."

요시카와가 아사미라고 장난스러운 어조로 부르는 것만으로도 아오야마는 화가 났다.

"요시카와, 알고 있겠지만 난 진지해."

"멍청이, 나 역시 진지해. 사진으로는 잘 모르겠지만 자기소개만으로 판단하는 건 역시 동감할 수 없어."

"말이란 정직하고 힘이 있는 거야. 어디서 베낀 듯한 말은 금방 알 수 있잖아?"

"알겠어, 나도 눈여겨볼 테니깐."

요시카와는 목소리를 낮추면서 말을 이었다.

"그런데 부탁이니 다른 사람에게도 뭔가 질문을 해줘. FM 건도 그렇고, 이 회의실도 그렇고, 애써서 준비한 것들이니까."

알았어, 하고 아오야마는 대답했다.

지원자들은 각양각색이었다. 구립대학 불문과를 나와 상사의 프로젝트팀 일원으로 파리에서 3년 살다가 일본에 돌아와서, 패션 디자이너가 되어 로스앤젤레스에 가게를 내고 3년간 마리브에 살다가 모든 것에 싫증이 나서 지금은 그림책을 그리고 있다는 28세의 여자가 있다. 그는 모로코의 패션 디자이너가 만든 마로 된 원색 의상을 입었는데, 각선미가 빼어나 마치 패션모델 같았다. 클래식 발레를 배운 적도 있어서 이런 감성적인 역은 자기밖에 할 수 없다고 생각한다고 말했다. 도저히 이런 여자는 상대할 수 없다고 아오야마는 생각했다.

성인 비디오에 30편 이상 출연했고, 두 번에 걸친 자살미수 경험이 있고, 세 번이나 정신병원에 들어갔으며, 지금은 요가 강사를 하고 있다는 23세 여자도 있다. 그는 왼쪽 손목에 있는 흉터를 마치 보석 자랑하듯 보여주었다. 매니저를 동반하여 나타난 여자도 몇 명 있다. 그 가운데 한 사람의 매니저는 회의실에 들어오자마자 요시카와와 아오야마에게 바닥에 엎드려 절을 하면서, 부디 잘 부탁드립니다, 저희는 이 오디션에 목숨을 걸고 있습니다, 하고 말했다.

또한 영적인 능력이 있다면서 요시카와와 아오야마의 등 뒤에 있는 영을 맞히겠다고 하는 여자도 있었다. 그는 요시카와는 날다람쥐이고, 아오야마는 요절한 화가라고 했다. 댄스를 보여주고 싶다는 사람도 몇 명이나 있었고, 그 가운데 한 명은 도중에 옷을 벗기 시작했다. 아오야마는 말리려고 했지만, 요시카와는 상관하지 않고 계속 시켰다. 그는 결국 회의실에서 전라가 돼 춤을 추었다. 또 성생활을 길게 얘기하는 10대도 있었고, 30대도 몇 명 있었다. 또 한 사람은 홋카이도에서 이 오디션을 위해 비행기를 타고 왔다고 했다. 저는 삿포로의 디스코 여왕이랍니다, 하고 당당하게 자기소개를 했다. 어릴 적부터 남자들에게 사랑받으며 자랐고, 그것은 당연한 일이라고 생각합니다. 저는 언제나 멋진 여자가 되려고 노력해 왔고, 그 결과 디스코텍에 가면 남자들이 무리 지어 옵니다만, 몸이건 마음이건 절대 누구에게도 허락하지 않았습니다. 왜냐하면 저는 배우이니까요. 물론 아직 배역을 받지 않았습니다만, 제 마음은 이미 배우랍니다, 하고 말했다.

바람피운 것이 들통나 이혼당할 것 같아서 이참에 배우가 되기로 했다는 여자도 있다. 누드모델로 화보 촬영을 몇 번 해봤지만, 전혀 사실감을 느낄 수 없었다, 이제 이 길밖에 없다고 생각하여 지원했다고 하는 사람은 원치도 않았는데 수영복 차림을 보여주었다. 카세트를 들고 와서 노래하는 여자도 있었다. 간호사도 있고, 시인도 있고, 흑인 혼혈도 있고, 고적대 지휘자도 있고, 신체조 선수도 있었다.

그리고 오후 3시 50분 정각에 야마자키 아사미가 회의실에 들어왔다.

4

다음 분 들어오세요, 하는 영업 제2과에서 제일 미인인 사원의 목소리와 함께 야마자키 아사미가 나타났다. 희고 살풍경한 회의실 벽을 따라 아사미가 방을 가로질러 와 테이블 맞은편에서서 가볍게 인사하고 의자에 앉았을 때, 아오야마는 뭔가 큰일이 자기 주변에 일어나고 있음을 느꼈다. 그것은 곧잘 텔레비전에서 보는, 유원지나 박람회의 5만 명째나 10만 명째 입장자가 뜻밖의 스포트라이트를 받으며 카메라에 둘러싸여, 들이민 마이크에 대고 인터뷰하는 모습을 연상시켰다. 평소와 다름없는 일상에 있는데 기다리고 있던 행운이 저편에서 덮쳐오는 느낌, 어쩌면 퍼즐 놀이 같은 것일지도 모른다. 허공에 떠 있는 몇십만 개의 조각들이 어느 순간 기적적으로 맞춰져 하나의 도형을 만드는 퍼즐, 좀처럼 말로 표현할 수 없는, 허리 주변이 근질근질해지는 듯한 느낌으로 뭔가 이상하다, 이것은 어딘가가 미쳐 있다, 하는 이성의 후렴이 들렸다. 이런 일이 일어날 리 없다, 대체 언제 이런 일이 준비돼 있었던 걸까. 그런 반복이 점차 약해져 가고, 이윽고 근질근질한 쾌감이 이성의 후렴을 눌러버렸다.

야마자키 아사미는 이력서 사진보다 훨씬 아름다웠다. 아사미가 희미하게 미소 지으며 수줍은 듯이 시선을 아래로 향했을 때, 아오야마는 귓속에 통통 튀는 음악이 들려오는 듯한 행복감에 사로잡혔다. 실제로 음악이 들리지 않는 것이 이상할 정도였다. 영화라면 여기서 달콤한 주제가가 흐를 것이다. 아사미가 클로즈업된 위에 포개지듯 안타까운 현악기 운율이 풀 볼륨으로 흐른다. 저 안내 사원은 어째서 저리 태연할까. 저만한 미인을 보면 자신을 수치스럽게 생각해 졸도하든가, 그 자리에 주저앉든가 하는 것이 당연하지 않은가…….

“야마자키 씨죠?”

요시카와의 목소리에 아오야마는 현실로 돌아왔다.

“예, 야마자키 아사미입니다.”

야마자키 아사미는 자기 이름을 복창했다. 뭐라고 표현할 수 없는 목소리구나, 아오야마는 생각했다. 요시카와도 같은 생각을 했는지 이런, 하는 얼굴로 아오야마를 힐끗 봤다. 귀로 들어와 목을 지나 신경에 착 감겨드는 듯한 목소리였다. 톤이 높은 목소리도 아니고, 허스키나 저음도 아니다. 목소리 톤은 보통이지만, 그 질이 묘하게 매끄럽고, 금속성이었다.

"라디오를 듣고 지원했습니까?"

요시카와도 조금 긴장하는 듯했다.

"그렇습니다."

아오야마는 정면으로 야마자키 아사미의 얼굴을 바라보고 있다. 야마자키 아사미는 어중간하게 긴 머리를 아무렇게나 뒤로 묶었다.

윤기 나는 머리칼은 예쁘게 다듬어진 건 아니지만, 그렇다고 흐트러진 인상을 주지도 않았다. 야마자키 아사미의 피부는 아주 얇은 느낌이 든다. 절대 화려한 얼굴이 아닌데 여러 가지 표정이 강하게 인상에 남는 것은 그 때문이다. 혼이랄까, 마음이랄까, 그런 것과 얼굴 피부까지 거리가 매우 가까운 느낌이 든다.

"지금까지 텔레비전이나 영화 일을 해본 적은 있습니까?"

요시카와가 묻자 야마자키 아사미는 아뇨, 하고 고개를 저었다.

"몇 번 그런 얘기는 있었습니다만, 결국 마지막에는 없던 일로 돼 버렸습니다."

"왜죠?"

"에이전시 같은 데 소속되지 않은 것이 아무래도 약점이었다고 생각합니다."

"그럼, 소속사는 없군요."

"예, 에이전시에는 들어가지 않았어요. 오래전 얘깁니다만, 전문대에 다니던 시절, 길거리 스카우트라고 하죠? 길을 가는데 누가 말을 걸어왔어요. 무턱대고 따라갔던 제가 어리석었습니다만, 그곳은 포르노 전문 에이전시여서 충격이 컸습니다. 그래서 에이전시에 나쁜 이미지가 생겼습니다."

"그럼, 혼자서 일을 보나요?"

"혼자는 아니고, 레코드 회사에 계신 분이 개인적으로 봐주는 정도인데, 최근에는 거의 연락하지 않고 있습니다."

"어느 레코드사죠?"

"빅터입니다."

"그 담당자 이름을 가르쳐 줄 수 있습니까?"

"국악 2과 감독으로 이름은 시바다 씨입니다."

"실례가 되는 질문입니다만, 전문대를 졸업하고 다니던 회사도 그만두었는데 생활은 어떻게 하고 있습니까?"

"한 주에 세 번, 친구의 가게 일을 돕고 있습니다."

"무슨 가게인지 물어도 될까요?"

"긴자에 있는 '돌의 물고기'라고 하는 작은 바입니다. 카운터뿐인 가게로 옛날에 보이스 트레이닝 클래스에서 같이 했던 사람이 마담이어서요."

"술은 잘 마십니까?"

"보통이라고 생각합니다."

"주제넘은 질문일지 모릅니다만, 주 3회 아르바이트로 생활이 됩니까?"

"스타일리스트 일을 하는 친구가 몇 명 있어서 때때로 화보 모델을 합니다."

"모델?"

"물론 메이저 잡지가 아니라 통신판매 카탈로그나 신문 광고 같은 일거리들입니다."

"그렇습니까, 집은 나카메구로군요. 정말 사적인 질문이어서 미안합니다만, 우리는 당신 같은 젊은 여성의 라이프 스타일을 전혀 알지 못합니다. 물론 말하고 싶지 않은 것은 안 해도 괜찮습니다만, 이 나카메구로의 카사 프리마라고 하는 곳은 맨션인가요? 그리고 어느 정도의 돈이 있으면 살아갈 수 있는지 궁금하군요. 최근에는 화려한 젊은 여성들이 많잖아요. 핸드백만 해도 몇십만 엔이나 하는 것을 들고 다니는 여자들을 보면 어떤 생활을 하고 있나 싶어서 말입니다."

요시카와가 이것은 너를 위한 질문이야, 하는 듯이 아오야마를 쳐다봤다.

"저 역시 잘 모릅니다."

야마자키 아사미는 요시카와와 아오야마의 얼굴을 번갈아 보면서 똑똑한 어조로 말했다. 부자연스럽게 어미를 늘리거나 저, 그러니까, 그래서, 그러나, 를 많이 쓰는 일도 없다. 그러나 조금 긴장하고 있구나, 하고 아오야마는 생각했다. 미세하지만 목소리가 떨리는 느낌이 든다. 어째서 내게 그런 것이 느껴질까…….

"제 경우는 원룸 맨션이어서 월세는 7만 엔 정도, 별로 밖에도 나가지 않고, 돈이 드는 취미도 없습니다……. 글쎄요, 15만 엔 정도면 좀 힘들까, 20만 엔 정도 있으면 좋아하는 CD나 책도 사면서 생활할 수 있을 것 같습니다."

"돈이 드는 취미란 예를 들면 어떤 거죠?"

아오야마는 처음으로 질문을 했다. 아오야마의 목소리도 조금 떨렸다. 질문을 하고 이내 바보 같은 질문을 한 게 아닌가 불안해졌지만, 야마자키 아사미가 가볍게 미소 지어 주어서 그런 생각은 금세 사라졌다.

"열대어를 키우는 친구가 있는데, 할부로 큰 수족관을 사는 바람에 밤낮으로 일을 하고 있답니다. 그리고 와인 잔을 좋아하는 아이는 주로 집에서 작업하는 워드프로세서 오퍼레이터인데 외국의 예쁜 잔을 사기 위해 잠자는 시간을 줄이고 있다고 하더군요."

과연 그렇군, 하고 아오야마는 생각했다. 열대어나 와인잔이나 옛날에는 주변에 그런 것이 없었다. 지금은 조금만 길을 걸으면 고급스러운 오리지널 소품이며 옷, 보석, 애완견이 조금 무리하면 손에 넣을 수 있게 진열돼 있다. 그 가운데 하나와 자기 취향이 맞아떨어지면 엄청난 지출을 하게 된다. 욕망을 조정하기는 어렵다. 아오야마는 그런 생각을 하면서 야마자키 아사미의 목소리를 즐겼다. 가느다란 손가락과 촉촉한 혀가 피부에 닿는 것을 연상하게 되는, 귀에 착착 감기면서도 매끄럽고 금속성인 목소리.

"주로 어떤 책을 읽습니까?"

요시카와가 다시 물었다.

"해외 미스터리물을 많이 읽습니다. 딱히 이 사람이라고 정해 놓고 좋아하는 작가는 없지만요. 뭐랄까, 여행을 좋아하는 것이 아니라, 외국의 도시나 거리를 좋아합니다. 미스터리나 스파이물은 주인공이 걷는 거리를 구체적으로 써놓았죠. 전 그런 것을 좋아합니다."

"어떤 거리를 좋아합니까?"

"실제로 간 적이 없으니 어디라도 좋을 것 같습니다. 외국은 하와이밖에 모르는데요, 호놀룰루 같은 곳은 그다지 이국적인 느낌이 없잖아요. 모로코나 튀르키예나 유럽의 작은 나라, 어디라도 좋을 것 같습니다."

모로코, 튀르키예라는 고유명사를 말할 때, 야마자키 아사미의 시선은 먼 곳을 보는 듯했다. 아오야마는 야마자키 아사미와 저 그리운 독일의 시골 마을을 산책하는 장면을 상상했다. 계절은 봄이거나 초여름이다. 집집마다 앞뜰에 작은 꽃이 흐드러지게 피어 있다. 두 사람은 하늘을 나는 종달새의 노래를 들으며 평화로운 햇빛을 반사하는 강줄기를 바라보며, 팔짱을 끼고 넓디 넓은 보도를 걷고 있다. 음, 그곳에서 몇 개월 살았지, 교회에 가고, 그 파이프 오르간 연주가의 집에 가서 얘기를 나누고……, 하는 일이라고는 그 정도가 고작이었지. 일찍 잤고, 지독하게 단조로운 나날이었어. 그러나 그 후 얼마나 아름다운 생활이었나, 하는 생각을 몇 번이나 했어. 아름답고 조용한 생활이었긴 한데, 뭐랄까, 멋진 말로 표현하자면 고독했지. 나 말이야, 그때 알았어. 일본에서는 혼자 있어도 고독하다고 느끼지 않았어. 근데 말도 통하지 않고 눈과 피부색이 다른 사람들 속에 살다 보니, 문득 고독이란 것이 뼛속까지 스며들더라고. 그때 생각했어. 언젠가 꼭 이곳에 누군가와 함께 오자고. 그리고 팔짱을 끼고 걸으면서 그때는 참 고독했어, 라는 얘기를 하자고. 설마 이런 이상적인 형태로 실현되리라고는 생각하지 못했어. 지금 정말로 꿈같은 기분이야……. 그런 상상은 믿을 수 없을 만큼 감미로웠다.

아오야마는 심장이 고동쳐서 몇 번이나 몰래 심호흡을 했다. 뭔가 질문을 하자고 생각했다. 야마자키 아사미 얼굴만 멍하니 보고 있으면 감미로운 상상에서 벗어날 수 없다. 그러니 아직 요시카와가 묻지 않은 핵심적인 질문을 해보자.

"회사를 그만두고 스페인으로 가겠다고 자기소개에 썼더군요."

"예."

"이민을 생각하고 있습니까?"

"친구 하나가 마드리드에 있어요. 옛날에 발레를 같이 하던 친구인데, 그래서 문득 생각났을 뿐, 구체적인 준비는 아무것도 하지 않고 있어서 저도 진심인지 어떤지 모르겠습니다."

그렇게 말하고 야마자키 아사미는 시선을 떨어뜨렸다. 눈에 물기가 어렸다. 아오야마는 그 표정을 보고 침을 꿀꺽 삼켰다. 소름이 끼쳤다.

"발레에 관해서 물어도 될까요?"

아오야마가 약간 긴장한 채 말했다.

"예."

야마자키 아사미는 아오야마에게로 시선을 돌렸다.

"허리를 다쳤다고 썼던데."

"그렇습니다."

"줄곧 해 온 것을 포기하는 건 고통스럽겠죠? 아, 이 화제가 싫다면 말하지 않아도 괜찮습니다."

"아닙니다. 이제는 무엇이든 아무렇지 않게 얘기할 수 있습니다……."

야마자키 아사미는 쓸쓸한 미소를 지었다. 그 웃는 표정에도 아오야마는 소름이 끼쳤다. 그 쓸쓸한 미소 속으로 자신의 모든 의지가 빨려 들어가, 말도 감정도 그리고 의식조차도 잃을 것 같았다.

"단 둘이, 이런 말을 하면 실례일지도 모르겠습니다만, 야마자키 씨의 자기소개 가운데 무너져 버리는 건 어떤 의미에서 죽음을 받아들이는 것과 비슷하다, 아마 그렇게 썼던 것 같은데요."

"예, 그렇게 썼습니다."

이 사람은 대체 무슨 말을 할 작정인가, 하는 긴장된 표정으로 야마자키 아사미는 아오야마를 응시했다. 미칠 것 같은 시선이구나, 하고 아오야마는 생각했다. 바로 곁에서, 둘이서만, 이런 눈길을 받으면서 뭔가 본질적인 얘기를 듣는다면 결코 냉정하게 있을 수 없겠어.

"감동했습니다."

아오야마가 그렇게 말하자, 야마자키 아사미는 작은 목소리로 예?, 하고 말하며 눈을 동그랗게 떴다.

"누구라도 그런 경험은 적잖게 있을 겁니다. 뭔가가 무너져 내려 절대 원래대로 돌이킬 수 없는 경우 말입니다. 하지만 버둥쳐도 어쩔 수 없으니 살아가기 위해서는 그저 받아들이는 수밖에 없죠, 받아들이는 것, 그것이 상처죠. 그런데 그것에 관해 당신 같은 젊은 여성이 죽음을 받아들이는 것이라는 정확한 비유를 하는 데 놀랐어요. 그래서 당신은 지금까지 진지하게 살아왔구나, 생각했습니다."

요시카와가 얘기를 끝낸 아오야마의 허벅지를 손가락으로 찔렀다. 웃기지 마, 하는 의미일 것이라고 아오야마는 생각했다. 야마자키 아사미는 크게 숨을 들이마셨다가 내뱉었다.

"정신이 아득해질 정도로 긴 시간 괴로워했어요. 아직 발레를 대신할 만한 것을 발견하지 못했고요. 하루를 끝내는 것만으로 탈진 상태가 돼요. 시간만이 해결해 준다고 부모님이나 친구들은 말하더군요. 저도 그렇게 생각하고 동면하는 동안 시간이 빨리 지나가 버리면 좋겠다고 기도했습니다만, 째깍째깍 하는 시계 초침 소리가 저를 공격해 오는 것처럼 느껴져 그것만으로도 고통스러웠어요. 뭔가를 포기한다고 할까, 죽음이란 이 세상에서 가장 무서운 것이잖아요? 그래서 그것을 받아들이는 것과 닮았구나, 그렇게 생각했던 거예요."

"어때?"

아오야마는 야마자키 아사미가 회의실을 나가자마자 요시카와에게 물었다. 요시카와가 15분간 휴식한다고 사원에게 막 전한 참이었다.

"글쎄."

요시카와는 그렇게 말하며 주머니를 뒤져 뜯지 않은 라크마일드를 꺼내 느릿한 동작으로 한 개비를 손가락으로 집어 불을 붙였다.

"사람을 묘하게 긴장시키는 아이군. 여자와 만나 얘기하고 담배를 피우고 싶어진 게 몇 년 만인지."

요시카와는 그렇게 말하고 아오야마를 보며 한숨과 함께 라크마일드 연기를 토해냈다.

"완전히 질렸어. 너 잘도 말하더라. 지금까지 진지하게 살아왔다고 생각했다니, 그건 보통 오디션에서 말하는 대사가 아냐. 나는 벌어진 입이 다물어지지 않았어."

나는 정말로 그렇게 생각했어, 하고 아오야마는 말했다. 여자에 관해서만이 아니라 젊은 사람에 관해 그렇게 생각한 것은 정말 오랜만이었다.

"확실히 그 아이는 진지해. 하지만 마음에 걸려."

"마음에 걸리다니?"

"음, 어디가 마음에 걸리는지는 모르겠지만 말이야."

그 후의 오디션은 시들했다. 요시카와는 피곤하기도 했지만, 아오야마가 지겨워서 어쩔 줄 몰라하는 것을 알고 화가 나서 라크마일드를 전부 피워 버렸다. 아오야마는 야마자키 아사미와 다음에 둘이서만 만나기 위해서는 어떻게 하면 좋을까, 줄곧 그 생각만 했다.

아오야마는 평소 한 시간 일찍 집에 돌아왔다. 오디션을 기록한 8밀리 비디오를 빌려와서, 그걸 빨리 보고 싶었다. 도우미인 리에가 주방에서 저녁을 준비하고 있으니까 비디오 속 야마자키 아사미를 만날 수 있는 것은 저녁 식사 후가 될 것이다.

시게히코는 아직 학교에서 돌아오지 않았다. 지금은 저녁 6시, 중학 시절과 달리 시게히코의 귀가는 대개 7시가 지나서이다. 돌아오면 시게히코는 굶주린 사자처럼 밥을 먹기 때문에 비디오를 보려면 아무래도 그 후가 될 것이다.

좀 더 얘기가 진행되면 시게히코에게도 비디오를 보여줄 생각이고, 야마자키 아사미도 만나게 해 줄 것이다.

"시게히코가 늦네요."

감자를 깎던 리에가 돌아보며 말했다.

"해가 짧아져서 5시 반이면 어두워지니까 좀 더 일찍 오면 좋을 텐데 말이에요."

아오야마는 식탁에서 석간을 읽고 있다. 주방은 요시코가 조금씩 손을 댄 탓에 매우 기능적이며 따스한 분위기여서 낮에는 거실 소파보다 편안하다. 요시코는 특히 채광에 신경을 썼다. 정원으로 통하는 작은 문과 조리대 앞에 커다란 창문을 만들어서 다른 어떤 방보다 채광이 좋았다.

“괜찮아요, 그 정도 나이면 친구들도 만나야 하고 여러 가지로 바쁠 테니까요.”

“하지만 최근에 불량배들이 많아서요. 저도 집에 돌아갈 때 되도록 밝은 곳으로 가려고 하는걸요. 어두운 공원 같은 데에 중학생인지 고등학생인지 모르겠지만 몇 명씩 무리 지어 있어서 지나가기가 정말 무서워요.”

“불량배들 만나면 도망가라고 일러두었고, 그 녀석은 그래 봬도 꽤 제대로 된 놈이어서요.”

“제대로 된 학생이란 건 저도 알고 있어요. 그러나 지금은 봐요, 권총이고 뭐고 맘대로 살 수 있다잖아요. 러시아나 중국제 권총은 아무한테나 판다던데요. 아휴, 무서워라.”

“그런 것도 일러두었어요. 그 나이 아이들은요, 이를테면 예쁜 여자아이를 전철에서 만나잖아요, 그러면 다음 날도 같은 장소에서 플랫폼을 뒤지다가 없으면 한 시간 정도는 예사로 기다리곤 해요. 여러모로 큰일이죠.”

"그런 즐거운 일이라면 다행이지만요."

리에는 크림 스튜를 만들고 있다. 리에가 만드는 요리는 스튜나 찜이나 전골 요리가 많다. 조금 시간이 지나도 데워서 금방 먹을 수 있어서다. 리에가 조리대 앞을 떠나 냉장고 쪽을 갈 때마다 눈 너머로 그 모습을 보고 갱이 짖는다. 배가 고프다고 호소하고 있다. 갱의 저녁은 반드시 리에가 만든다.

아오야마는 야마자키 아사미가 주방에 서 있고 그를 향해 갱이 짖는 장면을 상상했다. 어떤 디자인의, 어떤 색의 앞치마를 입고 있는가까지 상상했다. 처음에 갱은 낯선 사람이라서 경계하고 큰소리로 짖을 것이다. 하지만 3개월만 지나면 그 짖는 법이 달라진다. 먹이를 주는 사람임을 알게 되는 것이다. 정말이지, 지난 7년을 생각하면 3개월 따위는 한순간이다…….

시게히코는 배가 고파서 죽을 지경이라며 7시 넘어서 돌아와, 어째서 일본 정치가는 이렇게까지 썩었을까, 하고 뉴스를 보면서 크림 스튜를 네 그릇이나 먹고, 친구에게 빌려온 소프트웨어를 시험해보고 싶다면서 금방 자기 방으로 가버렸다.

아오야마는 비디오를 보는 것보다 중요한 것이 있음을 깨달았다. 야마자키 아사미를 혼자 만날 기회를 만들 필요가 있다. 되도록 빨리. 아오야마는 사실을 털어놓을까 하고 생각했다. 아마 요시카와는 반대할 것이다. 재혼 상대를 찾기 위해 오디션을 했다는 말 역시 할 수 없다. 그러니까 솔직하게 자기소개를 봤을 때의 기분과 면접에서 만났을 때의 기분을 말하면 되지 않을까. 그 만남을 만들어내는 방법에 좀 꺼림칙한 데가 있다고 해도, 충격적인 만남이었던 것에는 아무런 거짓도 없다……. 그렇게 생각하니 가슴이 설렌다.

야마자키 아사미의 전화번호는 갖고 있다. 지금, 8시가 조금 지났으니 앞으로 한 시간 정도는 혼자 사는 젊은 여성에게 실례되는 일 없이 전화를 할 수 있겠지.

거실 소파에 앉아 무선 전화기를 들자 마치 중학생 시절 좋아하는 여자를 역 플랫폼에서 발견했을 때와 같이 이상한 맥박 소리가 가슴을 덮쳐왔다. 틀렸어, 하고 중얼거리면서 선반에서 브랜디를 꺼내 잔에 따랐다. 그것도 선반에 진열된 것 가운데 가장 고가인 그랜샴파뉴의 브랜디로 했다. 과음해서는 안 된다고 생각하면서 정확히 8시 30분이 되면 리다이얼 버튼을 누르려고 아오야마는 생각했다.

8시 30분, 야마자키 아사미는 첫 전화벨이 울리자마자 전화를 받았다. 예, 하는 목소리가 오디션 때보다 훨씬 낮아서, 선잠이라도 들었던 걸까, 아오야마는 생각했다.

"저, 오늘 면접에서 만났던 프로듀서 아오야마라고 합니다."

아오야마가 그렇게 이름을 대자 야마자키 아사미의 목소리가 바뀌었다.

"어머나, 오늘 고마웠습니다."

회의실에서 들었던 매끄러운 금속성 목소리가 들려왔다. 그 소리가 너무나 매력적이어서 아오야마는 부자연스러운 목소리의 변화를 이내 잊고, 긴장한 나머지 가슴을 누르면서 되도록 사무적인 어조로 용건을 전했다.

"당신 얘기를 좀 더 듣고 싶은데 시간을 내줄 수 있겠어요? 오늘 동석한 요시카와 씨는 오지 않습니다만, 이상한 오해가 생기면 곤란하니 낮에 만났으면 합니다."

"예, 찾아뵙도록 하겠습니다."

"언제가 좋습니까?"

"낮에는 시간이 비어 있으니까 아무 때나 괜찮은데요."

"모레 목요일 1시쯤?"

"괜찮습니다."

"그럼, 장소는……."

아카사카의 초고층 호텔 카페테리아 이름을 말하고 아오야마는 거의 하늘에라도 오른 듯한 기분으로 전화를 끊었다.

요시카와의 전화는, 아오야마가 넉 잔째의 브랜디를 기분 좋게 마시고 있을 때 걸려 왔다.

“이런 시간에 미안해, 좀 마음에 걸리는 것이 있어서.”

“상관없어.”

아오야마는 자기도 심하다 싶을 정도로 들뜬 목소리로 대답했다.

“별로 의심해서는 아니었지만, 빅터에 전화해 봤어. 뭐, 대단한 일이 아닐지도 모르겠는데……, 야마자키 아사미의 착각일지도 모르지만, 국악 2과에 시바다란 감독은 없었어.”

“뭐?”

브랜디 기운이 돌고 있는 아오야마는 순간 무슨 얘기인지 못 알아차렸다.

“정확하게 말하면 지금은 없다는 거야, 시바다란 감독은 1년 반 전에 죽었대.”

5

아오야마는 40분이나 일찍 약속한 카페테리아에 도착했다. 아카사카의 초고층 호텔 로비에 있는 카페테리아다. 전날 예약하여 테이블을 정해두었지만, 시간은 오후 1시였다. 식사는 최상층에 있는 레스토랑에서 할 생각이었다. 레스토랑 창가 테이블 예약은 오후 1시 30분. 최상층 레스토랑이란 게 너무 통속적일까. 호텔 레스토랑에서가 아니라 거리에 있는, 이를테면 분위기 있는 술집이나 양식당 쪽이 더 세련돼 보이지 않을까. 아오야마는 줄곧 그런 생각만 했다. 어제도 그리고 오늘 오전에도 회사에 있으면서 내내 일이 손에 잡히지 않았다. 사원들은 그런 멍한 상태의 아오야마를 본 적이 없어서, 어디 몸이라도 안 좋으십니까? 건강검진이라도 받아보는 편이 좋지 않을까요? 하고 물었다.

점심때여서 카페테리아는 붐볐고 예약 시간까지 40분이나 남아서 입구에서 다른 손님들 사이에 섞여 선 채 테이블이 비기를 기다리는 꼴이 됐다. 아오야마는 실내를 둘러보고 야마자키 아사미가 보이지 않는 것을 확인했다. 야마자키 아사미가 호텔 어딘가에서 촌스럽게 서서 기다리고 있는 자기를 보고 있지 않음을 확인한 것이다. 약속 시간보다 훨씬 일찍 도착해서 이리저리 왔다갔다하며 안정을 찾지 못하는 중년 남자.

"알겠어? 이젠 어쩔 수 없지만, 너무 그 여자한테 미쳐서 상대 페이스에 말려들지 말라고. 확실한 것은 아무것도 없지만 그 여자는 이상해, 내 감이지만 말이야. 거짓말을 한 건 아니겠지만, 1년 반 전에 죽은 감독 이름을 대다니 아무래도 이상해. 사인은 심장병이라고 하지만, 정말 시바다가 자기 담당이었다면 죽은 걸 모를 리 없잖아."

그제 전화로 요시카와는 그런 말을 했다. 소속 사무실 대신인 레코드사 감독이 이미 고인이라는 것만으로 왜 그리 야마자키 아사미를 의심하는지 아오야마는 알 수 없었다. 아오야마는 이미 냉정함을 잃고 있음을 깨닫지 못했다. 아마 긴장해서 착각한 게 아닐까. 어쨌든 소속사며 매니저며 그리 큰 문제가 아냐, 그렇게 말한 아오야마에게 요시카와는 짧게 충고하고 전화를 끊었다.

"방심하지 마."

테이블에 안내받자 아오야마는 아이스티를 주문했다. 카페테리아는 난방을 틀어놓았고 앉은 자리가 통유리 창가인 데다 그날은 햇살마저 강해서 재킷을 입고 있으니 땀이 배어 나올 정도였다. 게다가 아오야마는 긴장하여 목이 바짝바짝 말랐다. 다른 테이블을 둘러보니 가장 눈에 띄는 것은 중년여성 그룹이었다. 오랜만에 모인 동창생, 스포츠 모임이나 문화센터 동료, 지방에서 온 여행자로 보이는 몇 무리 그룹들이 거의 동시에 떠들고 있어서 몹시 시끄러웠다. 점심을 먹으면서 업무 얘기를 하는 외근 영업사원도 몇 팀 있다. 영업사원들은 일제히 2천 엔의 점심값에 어울리는 얼굴, 거기에 어울리는 슈트를 입고 있다. 아오야마가 멍하니 그들을 보고 있을 때, 입구에 야마자키 아사미의 모습이 보였다. 그 순간, 아오야마의 심장이 펄떡펄떡 뛰며, 어떤 얘기를 어떤 순서로 해야 할지 몇 번이나 확인한 것이 전부 하얗게 되는 것을 느꼈다. 무슨 일이지, 마흔두 살이나 먹어서.

야마자키 아사미가 가게 안을 둘러보다 이윽고 아오야마를 발견하고는, 바쁘게 쟁반을 들고 왔다 갔다 하는 웨이트리스 사이를 뚫고 똑바로 걸어왔다. 오디션 때와 같이 뒤로 묶은 머리에 화려하지 않지만, 주위에 묻힐 만큼 수수한 패션도 아닌 차림을 하고 있다. 감색 니트 원피스에 선명한 오렌지색 스카프, 스웨드 재킷을 걸쳐 입고 검은 스타킹과 밝은 갈색 구두를 신었다. 무엇이 자신에게 잘 어울리는지를 알고 있는 사람의 전형 같은 옷차림이었다. 그리고 물론, 자신이 다른 사람보다 빼어나게 아름다운 용모를 지니고 있다는 걸 잘 아는 사람의 전형적인 패션이기도 했다.

"미안합니다, 조금 늦었습니다."

그렇게 말하면서 야마자키 아사미는 테이블 건너편에 앉았다. 레이스 커튼을 뚫고 햇살이 그의 옆얼굴을 비춘다. 오디션 때 그 살풍경하고 채광 상태 나쁜 회의실에서 보는 것보다 몇십 배 더 아름답다고 아오야마는 생각했다.

"아뇨, 제가 약속 시간보다 너무 일찍 왔네요. 사무실이 여기서 가까워서요."

아오야마는 그렇게 말했지만, 야마자키 아사미의 얼굴을 제대로 볼 수가 없었다. 어디를 보면서 말하면 좋을지 모르겠다. 뭐야, 마치 고등학생 같잖아. 이런 모습은 절대 시게히코에게 보일 수 없다. 아오야마는 몇 번이나 야마자키 아사미의 얼굴을 정면으로 보려고 노력했다. 하지만 그때마다 심장과 위가 붙어버려 숨을 쉴 수 없을 정도의 긴장감에 사로잡혀서 그를 보는 것을 단념했다. 그렇다고 상대방 얼굴을 전혀 보지 않고 얘기하면 성격을 의심받겠지. 내향적인 변태라고 생각할지도 모른다.

"또 만나서 반갑습니다."

야마자키 아사미는 레모네이드를 주문하고 우수를 띤, 그 윤곽이 뚜렷한 얼굴을 살짝 기울이며 아오야마를 향해 미소 지었다. 햇살이 야마자키 아사미의 뺨에 닿았다. 늦으면 큰일이라고 서둘러 온 탓일까. 얼굴이 약간 상기되어 빨갛다. 혼에서 피부까지의 거리가 짧다, 오디션 때 느낀 것을 아오야마는 떠올렸다. 표정에는 강한 설득력이 있다. 하얗고 얇은 얼굴 피부를 통해 그의 혼까지 보이는 것 같았다. 아오야마는 야마자키 아사미의 눈을 잠깐 바라보다 얘기를 하고 이내 시선을 돌렸다. 너무 여기저기로 시선을 바꾸지 말라고 자신을 나무랐다. 턱 끝을 왼손으로 받치며 아오야마는 생각했다. 이렇게 긴장하여 피곤하면서도 즐거운 것은 태어나서 처음 있는 일이야.

"음, 오늘은 별로 당신에게 특별한 질문을 하려는 게 아니니 긴장하지 않아도 됩니다."

긴장한 것은 네놈이잖아, 속으로 생각하면서 아오야마가 말하자 야마자키 아사미는 예, 하고 대답하면서 고개를 끄덕였다. 낮지도 않고 허스키도 아니고 별로 톤이 높은 것도 아니고, 그저 신경에 감기는 듯한, 소리 그 자체에 촉촉하게 습도를 머금은 듯한 목소리.

“가볍게 식사나 하면서 이런저런 얘기를 하면 어떨까 싶어서요. 식사는 여기 제일 위층에 있는 레스토랑에서 하려고 하는데, 그곳은 육류가 메인입니다. 육류 싫어하세요?”

“싫어하는 건 없어요.”

아오야마는 손바닥에 땀이 흥건해졌다. 그것을 바지 무릎에 슬쩍 닦고 있을 때였다. 실로 기묘한 일이 일어났다. 휠체어를 탄 청년이 그의 어머니로 보이는 사람과 같이 들어왔다. 청년은 야마자키 아사미의 등 뒤로 해서 아오야마가 앉아 있는 테이블을 지나가려던 참이었다. 어머니 같은 사람과 담소하면서 슬쩍 돌아보듯 야마자키 아사미의 얼굴을 본 순간, 청년의 웃음 진 얼굴이 얼어붙더니 금방이라도 휠체어에서 벌떡 일어날 것 같았다. 어머니처럼 보이는 사람은 청년과 야마자키 아사미를 번갈아 보더니, 무슨 일 있었냐는 듯이 청년에게 말을 걸었다. 청년은 얼굴이 파래졌지만, 아무것도 아니라는 식으로 몇 번이나 고개를 저었고, 휠체어는 카페테리아 가장 안쪽으로 들어갔다. 청년은 뭔가에 겁먹은 듯이 등을 동그랗게 구부리고 아오야마와 야마자키 아사미 쪽을 절대 보려고 하지 않았다. 그러는 동안, 야마자키 아사미는 전혀 표정이 바뀌지 않았다.

“아는 사람입니까?”

아오야마가 그렇게 물었지만, 야마자키 아사미는 아뇨, 하고 고개를 저었다. 이상하네요, 저는 본 기억이 없는데 어째서 저렇게 나를 보고 놀라는지 모르겠어요, 하듯이 고개를 저었다. 뭐, 저 녀석이 누군가와 착각했을 거라고 아오야마는 생각했다. 아오야마는 여전히 야마자키 아사미에 관해 아무것도 몰랐고, 아무것도 알려고 하지 않았다. 방심하지 말라고 하던 요시카와의 말을 떠올리는 일도 없었다.

"이렇게 맛있는 고기는 처음인 것 같아요, 정말 맛있어요."

건물 가장 위층의 레스토랑에서 두 사람은 오르되브르로 비둘기 바테를 먹고 메인으로 고베 소고기의 샤토브리앙 스테이크를 먹었다. 와인은 부르고뉴의 적색 하프보틀을 아오야마가 직접 골랐다. 야마자키 아사미는 조금씩 와인을 마시고 느낌이 좋은 목소리로 얘기하며 요리를 남김없이 다 먹었다. 와인으로 조금 긴장이 풀린 아오야마는 모든 것이 예쁘게 보였다. 말투도, 얘기 내용도, 와인을 마시거나 포크와 나이프로 고기를 먹는 동작도 그 모든 것이 예쁘게 생각되는 여자는 처음이라고 아오야마는 생각했다.

"그런데 오늘 저는 이렇게 맛있는 걸 먹고 그저 잡담만 하면 되는 거예요?"

"그래요."

"이건 참 뻔뻔스러운 일이지만, 최고군요."

"그런 식으로 생각해 주니 나도 기쁘네요."

"이 레스토랑에는 자주 오세요?"

"자주랄 것도 없지만 여기는 다른 곳에 비해 뭐라고 하면 좋을까, 실질적이죠."

"실질적이라뇨?"

"다른 곳은 전망이나 인테리어가 좋다거나 시내에서 가장 좋은 곳에 있다거나 그런 것을 간판으로 내걸고 맛은 별개인 레스토랑이 많지만 말입니다."

"정말 그래요."

"여기는 달라요, 맛있는 고기를 되도록 편한 마음으로 먹게 해주려고 노력하는 곳이거든요."

"그래서 맛있군요."

"그런 셈이죠."

"이런 레스토랑은 역시 훌륭한 사람들이 올까요?"

"부자라는 뜻인가요?"

"예, 돈도 있고, 힘도 있는 사람이요."

"나는 이런 레스토랑에서 식사하지만 별로 훌륭한 사람이라 생각하지 않는데……. 부자라고 해서 모두 훌륭한 건 아니죠."

"저는 지극히 평범한 집에서 평범하게 자랐거든요. 아빠도 평범한 회사원이었고, 가족끼리 백화점에 가거나, 혹은 어쩌다 여행을 가더라도 국숫집이나 패밀리 레스토랑에 가는 게 고작이었어요. 잡지에 자주 실리는 이런 번쩍거리는 레스토랑에는 훌륭한 사람들이나 가는 데라고 생각했어요."

"글쎄, 일본은 확실히 묘한 구조로 부자 나라가 돼서 옛날에는 사진으로나 보던 것을 먹고 있지만, 그건 훌륭한 건 아니죠. 여기서 밥을 먹으면서 이런 말 하긴 뭣하지만, 사실 우리한테는 역시 국숫집 쪽이 어울려요. 여기 고기는 맛있지만, 늘 장소를 잘못 찾았다는 생각이 들어 당황스럽기도 해요."

"이런 말 하면 큰 실례일지도 모르겠습니다만."

"뭐죠?"

"저기, 아오야마 씨처럼 말씀하시는 분은 처음이에요."

"응? 무슨 말?"

"연예계랄까, 영화나 텔레비전 세계를 아주 조금 접해봤지만, 아무도 아오야마 씨처럼 말하지 않았어요. 잘 표현할 수는 없지만, 간단히 말하면 모두 굉장히 잘난 척한다는 느낌이었어요."

"어쩌면 그런 사람들 쪽이 정직하고 내가 말이 많은 건지도 몰라요. 그것보다 야마자키 씨, 나도 당신 같은 사람은 처음입니다."

"처음? 어떤 의미세요?"

"음, 당신은 흔한 말로 햇병아리 배우죠. 실례되는 말일지도 모르겠는데, 그런 사람들은 이런 장소에 익숙할 겁니다. 햇병아리 배우들이 옛날보다 훨씬 많아졌잖아요. 텔레비전 프로그램 리포터며 어시스턴트며 광고며 잡지 화보며, 하다못해 성인 비디오까지 일 자체는 늘고 있어요. 따라서 탤런트 에이전시도 많아졌죠. 하지만 진짜 배우 일은, 그러니깐 영화라는 말이지만 그건 옛날보다 훨씬 수가 줄었어요. 즉, 배우는 거의 없는 거나 마찬가진데 햇병아리 배우들은 이상하게 늘고 있다는 겁니다. 그만큼 거기로 몰려드는 남자도 많죠. 오랫동안 햇병아리 배우로 있는 사람들 가운데는 완전히 닳고 닳아서 자기도 느끼지 못하는 사이에 뭐라면 좋을까, 비싼 레스토랑에서 당연히 대접받아야 하며, 남자들이 자기 주변에 몰려드는 것은 당연하다는 분위기를 풍기는 일이 많죠. 내가 하는 일은 영화보다 다큐멘터리나 CF 쪽이 메인이어서 그런 여자를 만나는 일은 없지만, 그래도 비열함이랄까, 어딘가 탐욕스러워 보이는 닳고 닳은 여자들을 자주 봐요."

"아아, 알 것 같아요. 그건 정말 무서운 일이죠."

"야마자키 씨는 달라요. 비열함 같은 것이 없어요."

"정말이에요? 그렇게 봐주시니 기뻐요."

아오야마로서는 아주 오랜만에 여성과 한 만족스러운 점심

식사였다. 자기가 예상한 이상으로 야마자키 아사미는 순수하고 꾸밈없는 여성이라고 생각했다. 특히 야마자키 아사미가 레스토랑을 나올 때 한 말로 인해 아오야마는 하늘에라도 오를 듯 기분이 좋아졌다.

"저어, 뻔뻔한 부탁입니다만, 전 지금까지 줄곧 혼자서 여러 가지 일을 해와서 상담할 사람이 아무도 없어요. 개인적으로 돌봐주었던 레코드사 감독도 중간에 있는 사람을 통해서 알고 있을 뿐 실제로 만나 뵌 적은 없어요. 그래서 아오야마 씨가 정말 아주 정말로 한가하실 때, 절대 폐를 끼치지 않도록 주의할 테니까, 가끔 상담이나 할 수 있게 해 주시면 얼마나 좋을까 싶어요. 물론 국숫집이건 패밀리 레스토랑이건 만나는 장소는 어디든 좋아요. 그것도 힘드시면 전화만이라도 좋고요. 그리고 분명히 폐가 될 테니까 제 쪽에서는 연락하지 않을게요. 제게는 진심으로 상담할 수 있는 사람이, 어른이 진짜로 아무도 없어서요."

레스토랑을 나와 엘리베이터 홀에서 아오야마는 회사 전화번호가 적힌 명함을 건넸다. 야마자키 아사미는 마치 껴안듯이 명함을 받아 들고, 이렇게 기쁜 일은 없다고 인사를 했다. 나도 마찬가지야, 아오야마는 속으로 생각했다. 엘리베이터 유리창으로 내다보이는 도쿄 시내를 훨훨 날 수 있을 것 같은 심정이라고 아오야마는 생각했다.

"나는 놀랐어, 요즘 같은 세상에 그렇게 순수하고 좋은 아이가 있다니 정말 놀라운 일이야."

아오야마는 회사에 돌아오자마자 요시카와에게 전화를 했다. 레스토랑에서 야마자키 아사미와 한 얘기를 최대한 충실하게 재현해서 들려주었다. 둘이 나눈 얘기를 거의 떠올릴 수 있었다. 아오야마는 요시카와에게 설명하는 자신의 목소리가 긴장으로 들떠 있음을 느꼈다.

"모든 면에서 정말 솔직하고 겸손해. 그래서 오히려 배우 취향이 아닐지도 모르겠어. 말투도 똑똑하고."

오, 그래, 하고 요시카와는 차가운 목소리로 대답했다.

"찬물 끼얹는 것 같아서 미안하지만, 그 여자는 역시 묘한 데가 있어. 설마 오디션의 진짜 목적 같은 걸 말하진 않았겠지."

물론이지, 하고 대답했지만, 아오야마는 요시카와가 답답했다. 요시카와가 아무것도 모르는 것은 어쩔 수 없다. 어쨌든 이 녀석은 야마자키 아사미와 식사를 하지 못해서 어쩌면 질투하는 건지도 모른다. 상상을 넘어서는 거의 완벽한 여자와 내가 만난 것을 내심 시샘할지도 모른다.

"빅터의 시바다란 감독에 관해서도 좀 더 알게 된 게 있어. 70년대 후반에 히트곡을 꽤 많이 내어 업계에서는 그럭저럭 신뢰받았던 것 같은데, 여자 문제로 여러 가지 나쁜 소문이 있어. 레코드사 감독이 가수나 배우를 개인적으로 담당한다고 할까, 매니저를 하는 건 별로 새삼스러운 일이 아니고, 감독이나 프로듀서가 여자를 먹는 것도 드문 일은 아냐. 단지 시바다는 거의 영향력이 없어진 뒤로 지난 7, 8년 동안 개인적으로 담당하는 것을 여자를 낚시하는 수단으로만 여기는 경향이 있어서 회사 측에서 곤란해했던 것 같아. 물론 그런 사람은 어느 회사에나 있지만. 그 여자와 시바다 얘기해봤어?"

"물론이지, 요시카와. 잘 들어. 야마자키 아사미는 친구에게 간접적으로 소개받았을 뿐 실제로는 그 시바다라는 놈을 만난 적도 없대."

"오, 그래?"

"그러니까 어쨌든 시바다란 녀석이 자기가 담당하는 탤런트를 많이 건드렸단 거 아냐?"

"뭐, 그렇지."

"하지만 야마자키 아사미는 상관없어. 그래서 죽은 것도 몰랐던 거야. 다른 사람들이 그와 시바다에 관해서 모르는 건 당연한 거고."

요시카와는 흥, 하고 대답도 웃음도 아닌 소리를 냈다. 아오야마는 요시카와의 초조함이 도를 넘었다고 느꼈다. 여자를 먹는다는 표현이 거슬렸다. 기름진 얼굴의 교만한 중년 남자가 야마자키 아사미의 어깨에 손을 두르고, 알겠지, 혹은 옳지, 착하지, 하고 웃으면서 속삭이는 장면이 상상돼 위가 뒤틀리도록 불쾌해졌다.

"또 한 가지 있어."

차가운 목소리로 요시카와가 말했다.

"스기나미에 있는 야마자키 아사미의 가족은 2년 전에 이사해서 지금은 그곳에 살지 않아. 최종 심사 건도 있어서 일단 확인하려고 우리 사원에게 연락하게 했는데 아무도 없었어."

"이사를 할 수도 있잖아."

아오야마는 화를 내며 말했다.

"어째서 너는 자꾸만 그 사람 약점 찾기에 목을 매는 거야?"

"그런가? 하지만 주인한테 물어도 이사한 곳을 알 수 없대. 이사를 할 경우는 우편물 전송이 있으니 보통 이사한 곳을 말해주고 가잖아? 그런데 그것도 안 남겼다는 거야."

"뭔가 사정이 있었겠지."

"아마 그랬겠지."

요시카와는 의미심장한 목소리로 말했다.

"요시카와, 네가 여러 가지로 걱정해 주는 건 고맙지만 나는 이제 결정했어. 솔직히 말해서 영화든 뭐든 어떻게 돼도 상관없고 다른 여자에게는 관심을 가질 수 없어."

"잠깐만."

"물론, 알아. 내가 책임져야 할 일은 말해줘. 영화 원안 같은 것은 우리 회사가 옛날에 특허를 딴 다큐멘터리 스토리를 그냥 줄게. 독일 프로덕션 승낙도 내가 얻어준다고. 나는 이미 예상을 훨씬 넘는 목적을 달성했어. 좀 더 순순히 기뻐해 주길 바라. 암튼 나로서는 이제 영화 일엔 흥미가 없으니까 영화 제작에는 손을 떼고 싶어, 알겠어?"

요시카와는 한동안 침묵했다. 그리고 몇 번 헛기침하고 한숨을 쉬더니, 저 말이야, 하고 더 차가운 목소리로 운을 뗐다.

"나도 영화는 이제 아무래도 좋다고 생각해. 냉정하게 들어줘. 영화는 내 쪽에서 문제없이 처리할 거야. 걱정하는 건 너야. 네가 생각하는 대로 시바다란 감독도, 이사해서 지금은 소재 불명인 가족도 아무것도 아닌지 몰라. 분명 그렇겠지. 하지만 나는 신경이 쓰여. 이봐, 무슨 소린지 알겠나? 그 야마자키 아사미란 여자를 아는 사람이 지금 아무도 없다는 거야. 내가 쓸데없고 주제넘은 고생을 하고 있겠지. 솔직히 말해서 그렇게 예쁜 여자를 만나다니 같은 중년 남자로서 질투가 전혀 없다고 말하진 않겠어. 그렇지만 알겠나? 나는 솔직하고 냉정해."

"알아."

아오야마는 대답했다. 알아, 하고 소리를 낸 순간 카페테리아에서 마주쳤던 휠체어 탄 청년이 떠올랐다. 하지만 이미 아오야마의 심리적 방위 기능은 야마자키 아사미에게 받은 극히 기분 좋은 충실감에 지배되고 있었다. 야마자키 아사미와의 시간이 상상을 초월할 만큼 즐거워서 그 쾌락으로 그에 대한 평가는 결정됐다. 아오야마는 야마자키 아사미를 의심하는 것을 자동으로 거부하면서 스스로는 그것을 의식하지 못했다. 휠체어 청년 사건은 이내 기억에서 사라졌다. 요시카와가 말한 것도 거의 머릿속에 들어오지 않았다.

"그래서 무엇이 걱정이라고 꼬집어 말할 순 없지만 신경이 쓰여. 너는 몹시 흥분해 있어. 그것도 나쁜 건 아니라고 생각해. 정말이야, 너를 비웃는 것도 아냐. 인생은 즐겨야 한다고 생각해. 하지만 인생은 그리 간단한 게 아니라는 것이 내 생각이고, 그만한 여자가 손을 타지 않고 남아 있고, 완벽에 가까울 정도로 순수한 아이란 것이 이상해서 신경 쓰일 뿐이야. 연락처를 모른다는 것도 걱정스러워. 스캔들을 두려워할 신분은 아니지만 이것만은 들어줘. 그 아이에게 연락처를 가르쳐줬지? 내 감으로는 그쪽에서 연락이 있을 거야. 그쪽에서 연락이 오면 우선 경계를 해줘. 1주일 동안은 네가 먼저 전화하지 말라고."

하지만 1주일이 지나도 야마자키 아사미에게서는 아무런 연락도 없었다. 아오야마는 요시카와의 충고를 지키느라 1주일을 더 기다렸다. 요시카와의 충고 때문이라기보다 바로 전화하는 건 좀 자존심 상한다는 것이 진짜 이유였지만, 그동안 야마자키 아사미만 생각했다. 회사 직원에게도 시게히코에게도 리에에게도, 어디 몸이 안 좋으세요? 하는 말을 자주 들었다. 몸무게가 3킬로그램이나 줄었다.

15일째 되는 날, 요시카와의 허락을 얻어서 아오야마는 야마자키 아사미에게 전화를 했다.

"어머나, 기뻐라. 이제 전화가 안 오는가 했어요."

야마자키 아사미는 몸이 녹을 듯한 목소리로 전화를 받았다.

6

"저, 이런 말씀을 드리면 낯두껍다고 생각하실지 모르겠습니다만, 줄곧 전화를 기다렸어요."

그 목소리와 말 한마디 한마디가 입자가 되어 수화기를 통해 귀로 전해져서 뇌로 들어가 신경 전부에 얽혀드는 것 같았다. 어째서 나는 요시카와의 말을 듣고 2주일이나 그를 방치하는 짓을 했을까, 이 여자는 줄곧 내 전화를 기다리고 있었다. 아오야마는 등줄기가 저리고, 정말 맛있는 와인이나 코냑을 마셨을 때처럼 몸에 뭔가 감미로운 것이 스며듦을 느꼈다. 심야에 혼자서, 전화벨이 울리기만 기다리며 무릎을 감싸고 앉아 있는 야마자키 아사미의 모습이 떠올라 가슴이 아팠다.

"바빠서 좀처럼 전화할 시간이 없었어."

성대를 떠는 것이 아니라 목에서 소리를 쥐어짜듯 하며 아오야마는 그렇게 말했다.

"알고 있어요. 바쁘실 줄 알았어요."

아오야마는 좀처럼 말을 할 수가 없었다. 지금 눈앞에 야마자키 아사미가 있으면 분명 어깨를 꽉 껴안았을 것이다.

"그래, 건강하게 잘 지냈나?"

얼마나 바보 같은 말투인가 생각하면서도 그렇게 말했다.

"예, 그럭저럭."

"전화 못 해서 미안해."

"아뇨, 이렇게 얘기할 수 있는 것만으로도 충분해요."

야마자키 아사미는 거기서 잠깐 침묵했고, 수화기에서는 한숨이 새어 나왔다.

"저, 가능하면, 또 전화해 주세요."

"명함, 주었잖아. 회사로 전화하면 될 텐데."

"정말 전화해도 괜찮아요?"

"괜찮지, 그럼. 그보다 같이 식사하지 않겠어?"

"아, 너무 기뻐요."

"밤에는 언제 시간이 비나?"

"월, 수, 토, 일요일 밤은 아르바이트가 없어요."

"그럼, 다음 주 수요일은?"

"괜찮아요, 기다리고 있겠어요."

전화를 끊은 후, 아오야마는 몇 번이나 크게 심호흡했다. 뺨의 근육이 늘어지는 게 느껴졌다. 야마자키 아사미의 목소리와 말이 머릿속에서 수십 번 재생돼서 들렸다.

"아버지, 요즘 무슨 일 있어요?"

야마자키 아사미와의 두 번째 데이트 전날 밤, 텔레비전에서 중계되는 NBA 농구를 보면서 저녁 식사를 하다가, 시게히코가 그렇게 물었다. 리에가 만들어 두고 간 왕새우구이와 감자찌개와 야채수프를 먹고 있었다. NBA는 시카고 불스와 올랜도 매직이라고 하는 골드 카드였다.

"무슨 일이 있냐니, 무슨 말이야?"

아오야마는 왼손에 맥주 잔을 들고 오른손에는 젓가락을 쥐고, 눈은 텔레비전으로 향해 있다. 하지만 맥주가 1센티미터도 줄지 않았고, 젓가락 끝의 새우는 차갑게 식어 금방이라도 떨어져 내릴 것 같다. 눈은 텔레비전 화면을 향해 있을 뿐 마이클 조던과 앤퍼니 하더웨이의 움직임을 좇고 있진 않았다. 아오야마는 그저 야마자키 아사미만 멍하니 생각하고 있었다.

"무슨 일이라뇨? 농구도 보지 않고 멍한 상태로 계시잖아요."

"그랬나?"

잘못했구나, 생각하면서 아오야마는 새우를 입에 넣었다.

"이상해요, 젓가락으로 새우를 잡고 있는데 눈의 초점이 맞지 않아요. 병원이나 어디 가서 진찰이라도 좀 받아보세요."

"아냐, 병이 난 게 아냐. 걱정할 것 없어."

"그런 건 본인도 몰라요. 비디오에서 봤는데요, 로버트 드니로의 '레너드의 아침'이었나 더스틴 호프만의 '레인맨'이었나, 아무튼 멍하니 있는 느낌이 닮았다니까요. 뇌가 스펀지 상태가 돼가는 병이라든가, 뭐 여러 가지가 있는 것 같은데요."

"스펀지?"

"그렇다니까요, 노인성 치매라고 하나? 프리온이라고 했나, 그런 바이러스의 일종이 뇌를 갉아먹는대요. 그래서 뇌가 경석이나 스펀지 같은 상태가 돼 버리는 거래요. 무서운 일이에요."

"아주 잘 아네."

"전에도 말했잖아요. 생물학 같은 걸 좋아한다고요. 제발 병원에 한번 가보세요."

"그 치매 말인데 병원에 가면 나을까?"

"현대 의학으로는 무리겠죠."

"그럼, 의사한테 가 봐도 소용없잖아."

"그래도 전 싫어요, 아직 고1인데 아버지가 레나드나 레인맨처럼 되면, 저도 바쁜데 계속 붙어서 간호할 수도 없고……."

시게히코가 진지한 표정으로 그렇게 말해서 아오야마는 웃었다. 맥주를 한 모금 마시고 시게히코에게 얘기할까 말까 망설였다. 언젠가는 얘기해야 한다.

텔레비전에서는 시카고 불스가 점수 차를 벌리며 리드하고 있다. 머리를 초록색으로 물들인 데니스 로드맨이 리바운드를 잡고, 마이클 조던이 대단한 기세로 적진에 들어가 수비를 세 명 제치고 패스하여 스카티 피펜이 슬램덩크를 했다. 아마 이 식탁에 야마자키 아사미가 함께하게 될 것이다. 시게히코에게 그 사실을 알릴 필요가 있고, 지금 할지 나중에 할지의 차이뿐이다. 의외로 지금이 좋은 기회인지도 모른다. 게다가 지금 얘기해 두지 않으면 내일 데이트도 시게히코에게 거짓말을 해야 한다. 아오야마는 그렇게 생각하고 진지한 얘긴데, 하고 말을 꺼냈다. 야마자키 아사미와의 만남은 오디션을 통해서가 아니라 업무상 만난 것으로 바꾸었다. 시게히코는 식사하던 손을 멈추고 긴장한 얼굴로 듣고 있다.

"나이는요? 몇 살이에요?"

대략 얘기가 끝난 뒤, 시게히코가 그렇게 물었다.

"스물넷이라나."

"젊네요."

"응, 젊어."

"아버지보다 제 쪽에 가까운걸요, 괜찮겠어요? 게다가 미인이겠죠?"

"괜찮다니?"

"속는 것 아니냐고요."

"글쎄, 아직 만난 지 얼마 되지 않았으니까……. 내일 함께 식사하기로 했는데, 이제 겨우 세 번째 만나는 거야."

"뒤에 야쿠자가 있을지도 몰라요. 요즘 여자들 무서워요. 우리 반 여자아이들이 하는 얘기도 도저히 좇아가지 못하는걸요. 요새 젊은 여자들은 열다섯만 돼도 뭐든 알고 있어요. 아버지의 젊은 시절과는 다르다니까요."

"너, 아버지가 인기가 없다고 생각하는구나."

"그런 건 아녜요. 그냥 지금 아버지한테 치매 증세가 보이는 것 같아서 걱정스러울 뿐이에요. 우리 반 여자아이들은 보면 정말 무서워요. 정보량이 대단하거든요. 도무지 무슨 말인지 모를 때가 많아요. 제 1년 선배 중에 SM 클럽에서 일한 게 들통나 퇴학당한 사람도 있어요. 언어소통에 문제가 있긴 하겠지만 저는 차라리 카자흐스탄이나 그런 나라의 얌전한 사람을 택할까 싶은 정도라니까요."

"카자흐스탄?"

"미인이 많고 성격이 굉장히 좋대요."

"너도 생각이 많구나."

"언제가 한 번 얘기했죠? 우리 반에 예쁜 애들이 없다고. 하늘소와 하늘가재에 비유해서 얘기한 것 기억하세요?"

"응, 기억해."

"미인에다 성격이 좋은 아이는 하늘가재보다 몇백 배 더 진귀해요."

텔레비전에서는 올랜도 매직의 반격이 시작되고 있다. 하더웨이가 3점을 연속으로 넣었다. 조만간 네게도 소개해야겠지, 아오야마가 말하자 시게히코는 제가 보고 체크해 줄게요, 하고 진지한 표정으로 말했다. 아마 제 쪽이 더 그 여자를 잘 볼 거예요. 저랑 나이 차가 많지 않기도 하지만, 지금의 아버지는 치매기미가 있어서요…….

만나는 장소는 지난번과 같은 호텔의 카페테리아였고 시간은 저녁 6시였다. 아오야마는 20분 전에 도착했고, 야마자키 아사미는 5분쯤 전에 왔다. 뒤로 질끈 묶은 머리에 보드라운 소재의 터틀넥 스웨터를 입고 레저 재킷을 왼팔에 걸치고, 아래는 헐렁한 판탈롱을 입었다. 밤을 의식한 그야말로 빈틈없는 패션이라고 아오야마는 생각했다.

아오야마는 몹시 흥분해 있었지만, 시게히코와 대화 후, 생각해 둔 것을 잊지 않도록 몇 번이나 머릿속으로 되뇌었다. 그것은 야마자키 아사미의 프라이버시에 조금 깊이 들어가는 것이었다. 식사와 함께 술을 마시게 될 테니 그전에 물어봐야겠다고 마음먹었다. 배후에 야쿠자가 있다고는 생각되지 않는다. 설령 있다고 해도 주변 처리는 요시카와를 비롯한 전문가인 친구들이 몇 명 있다. 다만, 시게히코의 말대로 자신이 중년 남자라는 사실을 실감했다. 타인이 보아도, 스스로 생각해도 틀림없이 야마자키 아사미에게 빠져 있다. 그는 나의 전화를 기뻐해 주었고, 데이트 때는 이렇게 단정한 옷차림을 하고 와서 끊이지 않는 미소를 짓는다. 속고 있다고 생각하지 않지만, 그의 의도가 나와 다를 가능성은 있다. 어쩌면 나를 남자라기보다는 의지할 카운슬러 정도로 보고 있을지도 모른다. 어제 아오야마는 조금쯤 냉정해지며 그런 생각을 했다.

"난 맥주 마실 건데 야마자키 씨는 뭐로 하겠어?"

의자에 앉자 야마자키 아사미는 시선을 아래로 향하며 수줍게 웃었다. 기뻐서 어쩔 줄 모르겠는데 그것이 몹시 수줍다는 동작으로 표현됐다. 만약 이것이 연기라면 이 여자는 천재야, 하고 아오야마는 생각했다.

"저도 맥주요."

그렇게 말하고 또 아래로 시선을 떨어뜨리며 고개를 가볍게 저으며 웃는다.

"왜 그래?"

얼마나 귀여운 웃음소리인가, 생각하며 아오야마는 물었다.

"또 이렇게 만날 줄은 생각지도 못했거든요. 기뻐서……, 죄송해요, 들떠 있어서."

맥주가 나오고, 가볍게 잔을 마주 댄 시점에서 아오야마는 줄곧 반추하고 있던 것을 말하기로 했다.

"식사는 이탈리아 음식으로 했는데 인기 있는 가게라 꽤 붐비거든. 그래서 7시 반으로 예약했는데 그때까지 배고프진 않겠지?"

"예, 물론이죠."

"가족들은 모두 건강하신가?"

그렇게 물을 때, 야마자키 아사미의 얼굴에서 웃음이 싹 사라지고 입가에 긴장이 돌았다. 그걸 보고 아오야마는 요시카와가 한 말을 떠올렸다. ……네가 생각하는 대로 시바다란 감독도, 이사해서 지금은 소재 불명인 가족도 아무것도 아닌지 몰라. 분명 그렇겠지. 하지만 나는 신경이 쓰여. 이봐, 무슨 말인지 알겠나? 저 야마자키 아사미란 여자를 아는 사람이 현재 아무도 없다는 거야……. 아직 키스도, 아니 손조차 잡은 적 없는 동경하는 여성이 이렇게도 이른 단계에서 신분이 들통나는 건가. 가족이란 말을 꺼내는 것만으로 이렇게 긴장하다니, 나는 역시 교묘히 속고 있었던 걸까?

"아오야마 씨에게는 숨기고 싶지 않아요. 사실대로 다 말하겠어요."

야마자키 아사미가 창백해진 안색으로 그런 말을 해서 아오야마는 마음의 준비를 단단히 했다. 슈트 위로 표시가 나지 않을까 생각될 정도로 심장이 두근거렸다. 주위가 전혀 눈에 들어오지 않는다.

"어릴 때, 전혀 기억나지 않지만, 부모님이 이혼해서 저는 외삼촌에게 맡겨졌어요. 그곳에선 정말 심한 구박을 받은 기억밖에 없어요. 외숙모가 그런 사람이었던 것 같아요. 저, 이런 말 하면 너무 비참하고 어두운 얘기여서 불쾌해하실지도 모르겠지만, 사실이니 참고 들어주세요. 겨울에 냉탕에 처넣어서 폐렴에 걸린 적도 있고, 유리창에 머리를 찧어서 목을 벤 적도 있고, 계단에서 떠밀려 어깨 관절이 부러진 적도 있어요. 어릴 때 제 몸에는 언제나 어딘가에 상처가 나 있었어요. 그래서 초등학생이 될 무렵 의사가 이러다가 죽겠다며, 저를 엄마한테 보내도록 했죠. 엄마는 당시 재혼해서 살고 있었어요. 엄마 집에는 재혼남, 그러니까 양아버지죠. 하지만 지금까지도 아버지라고 생각하지 않아서 이렇게 표현하게 되는군요. 잘못된 거지만, 이것만은 어쩔 수가 없어요."

야마자키 아사미는 잠시 말을 끊었다. 계속 얘기할 에너지가 쌓일 때까지 기다리는 느낌이었다. 그 내용 전체가 의외여서 아오야마의 맥박은 더 빨라졌다.

"저는 이제 몸에 상처를 입는 일은 없어졌지만, 엄마의 재혼남은 제게 분명히 말했어요. 네가 싫다, 네 얼굴을 보면 밥맛이 떨어진다, 너를 보고 있으면 괜히 짜증 나서 너를 죽이고 싶어진다, 네게선 이상한 냄새도 난다, 그러니까 넌 네 방에만 있어라, 식사도 네 방에서 해, 했어요. 그래서 저는 학교에서 돌아와도 곧장 제 방으로 갔고, 잘 때도 제 방에서만 자야 했죠. 쉽지는 않았지만 전 그냥 이런 게 삶이라고 포기했던 기억이 납니다. 산다는 건 이런 거구나 하고요. 엄마는 저를 감싸려고 하지 않았고 그런 상황을 미안해하지도 않았어요. 지금 생각해보면 정말 이상하지만, 엄마가 내게 사과하지 않았던 게 구원이었고, 그것으로 나는 뭐랄까, 강해졌다고 할까요? 혹은 강해져야만 했다고 할까요? 엄마가 미안해하고 사과했더라면 더 고통스럽지 않았을까요? 어째선지는 모르겠지만, 엄마와는 요즘에도 차를 마시는 정도 교류는 해요. 옛날에 엄마가, 저희 엄마는 술을 좋아하는데요, 함께 술을 마시며 말한 적 있어요. 그것은 엄마의 엄마도, 그러니깐 제 할머니도 역시 술을 좋아했고, 일곱 번이나 이혼한 분이었대요. 자기는 다르게 살아야겠다고 생각했지만 그렇게 되지 않았다고 엄마는 말했어요."

야마자키 아사미의 눈에 눈물이 흘러넘치는 걸 보고 아오야마는 가슴이 조여드는 것을 느꼈다. 비유가 아니라 정말로 눈에 보이지 않는 코르셋인가 뭔가로 압박당하는 느낌이 들었다. 야마자키 아사미는 입술을 깨물어 눈물이 떨어지는 걸 참으며 다시 얘기를 계속했다.

"엄마가 말하기를요, 부모와 다른 삶의 방식을 상상은 할 수 있었지만, 힘이 없어서 이루지 못했대요. 타인에게 부드럽게 대하는 것은 그 사람의 힘이라고, 그러니 너는 어떻게 해서든 그 힘을 손에 넣으라고 말했어요. 단지, 어떻게 하면 그 힘을 손에 넣을 수 있는지는 모른대요. 엄마가 지금까지 살아오며 실제로 만난 사람 중에 강하게 살며 타인에게 부드럽게 대할 수 있는 사람은 기술이 있는 사람이었대요. 엄마의 재혼남은 다리가 조금 불편했는데, 저는 어찌 된 건지 발이 빨랐어요, 아주 어렸을 때부터. 그래서 그 사람은 너를 싫어했는지도 모르겠다고 엄마가 말한 적 있어요."

고백은 일단 끝났다. 아오야마는 야마자키 아사미가 눈치채지 않도록 몇 번 심호흡을 했다. 그런 것이었나, 하고 어딘가에서 안도하는 자신을 느꼈다. 스기나미의 아파트에 분명히 어머니와 그 재혼 상대가 살고 있었을 것이다. 법적으로 부모로 돼 있을 테지만 왕래는 없었을 것이다. 그래서 이사한 사실조차 몰랐는지도 모르며, 어찌 됐거나 상관없는 얘기다…….

"지난번 만났을 때는 어쩔 수 없이 거짓말을 했어요. 가족과는 국숫집이나 패밀리 레스토랑밖에 간 적이 없다고 한 건 거짓말이에요. 엄마의 재혼남은 아까 말씀드렸듯이 다리가 불편해서 외출할 수 없었고, 암튼 저는 그들과 함께 식사한 적이 없어요. 아, 어머니와는 몇 번 식사를 같이했습니다. 그렇게 친절히 대해 주셨는데 거짓말을 하다니 용서하지 못하시겠죠. 그만 돌려보내고 싶으시다면 말씀해 주세요."

야마자키 아사미는 솟구치는 눈물을 꾹 참은 눈으로 아오야마를 응시했다. 아오야마는 필사적으로 할 말을 찾았다.

"돌아가면 곤란하지."

꾸미지 않고 솔직한 마음을 전하기로 했다.

"나는 오늘 데이트를 몹시 기대해 왔어, 그런 얘길 들어도 내 마음은 변함없어."

아오야마가 그렇게 말하자, 야마자키 아사미는 고개를 숙이고 조용히 흐느꼈다.

"한 가지 모르는 게 있어."

호텔 카페에서 야마자키 아사미가 울음을 그치길 기다려서 니시아자부의 레스토랑까지 가는 택시 안에서 아오야마는 그렇게 말했다.

“뭐든 물어보세요. 이제, 아오야마 씨에게는 죽어도 거짓말하지 않을 테니까요.”

고백한 후의 편안함 때문인지 야마자키 아사미는 몸을 아오야마에게 기대듯이 하고 앉았다. 아오야마도 이상하게 긴장이 풀렸다. 뭔가 소중한 것을 공유했기 때문일 거라고 아오야마는 생각했다.

“야마자키 씨 경우는 뭐라고 할까, 무책임한 말일지도 모르지만, 흔히 말하는 전형적인 아동학대라고 생각해. 내 지식 범위 내에서 말하자면, 그런 불행한 과거를 가진 사람은 타인과 접하는 것에 서툴다고 할까. 잘 표현할 수 없지만, 콤플렉스 때문에 성격이 좋지 않은 경향이 많을 거야. 어느 책에선가 읽었는데, 어떤 학대 경험자는 자라서 타인에게 미움받을 행동을 무의식 중에 해 버린대. 그래서 주위에서 실제로 자신을 싫어하면 오히려 안심한다는 거야. 난 잘 모르겠지만, 이해는 할 수 있을 것 같아. 그러나 야마자키 씨에게는 그런 데가 전혀 없고, 뭐랄까, 당신에게 학대의 그림자라곤 아무 데도 없어.”

아오야마가 그렇게 말하자, 야마자키 아사미는 몇 번이나 고개를 끄덕이면서 아오야마에게 몸을 기대며 거의 알아들을 수 없는 목소리로 기뻐요, 하고 말했다. 바로 눈앞에 고개를 숙이고 있는 야마자키 아사미의 긴 속눈썹이 있어서 아오야마는 등줄기가 떨렸다.

"발레라고 생각해요."

레스토랑에 도착해서 웨이터가 끌어주는 의자에 앉으며 캄파리 오렌지를 한 모금 마신 뒤, 야마자키 아사미가 느닷없이 그렇게 말해 순간 아오야마는 무슨 소린지 못 알아들었다.

니시아자부 사거리에서 롯폰기 쪽으로 가까운, 비교적 조용한 거리에 있는 토스카나 요리 레스토랑. 유명하긴 하지만, 가이드북이나 젊은 층이 보는 정보지에는 실려 있지 않다. 인테리어나 서비스도 괜찮고 분위기에 어울리지 않는 손님도 없다. 주인의 자랑 가운데 한 가지인 17세기 피렌체를 그린 태피스트리와 각각의 테이블을 훌륭하게 칸막이한 스테인드글라스의 멋진 무늬만으로도 처음 찾은 손님에게 기분 좋은 긴장을 준다. 게다가 그리 넓은 곳이 아니어서 소개자 없이 처음 오는 손님은 예약도 할 수 없다.

야마자키 아사미는 눈을 반짝거리며 테이블에 앉아 식전주는, 하고 묻는 웨이터에게 이 주문은 식전주로 잘못되지 않았죠, 라는 걱정스러운 얼굴로 아오야마를 보곤 캄파리 오렌지, 라고 귀여운 목소리로 주문했다. 특제 카르파초와 파스타를 세 종류,

그리고 피렌체풍 티본스테이크와 1989년 산 바르바레스코를 아오야마가 주문한 후에 야마자키 아사미는 얘기를 재개했다.

"아까 아오야마 씨가 학대받은 그림자가 없다고 해서 정말 기뻤어요. 저도 어째서일까, 택시 안에서 줄곧 생각했지만, 알 수가 없네요. 그리고 이곳에 들어온 순간 인테리어가 너무 근사해서 그 의문을 잊어버렸어요."

거기서 한번 야마자키 아사미는 얘기를 멈추고 웃었다. 보는 사람을 자기 매력의 포로로 만들겠다고 하는 의미에서라면 완벽한 미소라고 아오야마는 생각했다.

"이렇게 적당히 건망증이 있는 것도 성격이 어둡게 되지 않은 이유였나 싶어요. 그리고 이 테이블보와 촛대와 냅킨과 또 이거 말이에요, 이 칸막이 유리의 예쁜 조각 무늬, 포도와 작은 새와 악기의 아름다운 곡선. 이런 것 모두 손으로 일일이 만든 거겠죠? 칸막이 유리들 무늬가 전부 다르네요."

"글쎄, 어쩌면 그럴지도 모르지."

"아마 그럴 거예요. 따뜻한 느낌이 들어요. 그래서 잊었던 의문의 답이 떠올랐고 그것이 발레라고 생각했어요."

"아, 그런가, 야마자키 씨에게서 학대의 그림자를 거둬준 것이란 말이군."

"네, 초등학교 4학년 때였을 거예요. 저는 스기나미에 있는 좁은 아파트에 살고 있었는데요, 근처에 나이가 많이 든 할머니와 그 딸인 아주머니 둘이 하는 아주 작은 발레 교실이 있었어요. 그런데 레슨비가 꽤 쌌어요. 그래서 배워보라고 어머니가 권하더군요. 저는 잘 몰랐지만, 근육이 가는 데 비해 힘이 있어서 1년이 지나자 나이가 많은 할머니 선생님이 더 큰 곳으로 옮기라고 소개장을 써주셨어요. 그래서 특수생 같은 형태로 미나미 아오야마에 있는 일본에서 몇 번째로 큰 발레 스튜디오에 들어갔죠. 잘 표현할 수는 없지만, 땀을 흘리면 속상한 일이나 생각들이 땀과 함께 흘러 나가는 것이 눈에 보이는 듯한 느낌이 들었어요. 스튜디오에는 어디나 거울이 있잖아요. 그 거울에 전신을 비추고 한 개의 파가, 아, 아시는 지도 모르겠는데, '파'란 스텝을 말해요. 새로운 스텝을 내 몸이 정말로 예쁘게 춤추는 것을 볼 때마다 더 상쾌한 기분이 든답니다. 제가 생각하는 예쁜 것의 이미지에 조금이라도 동화됐을 때 말이에요. 그러니까 저는 아마도 그렇게 해서 슬픈 생각들을 지울 수 있었던 것 같아요."

바르바레스코의 병마개를 따자 독특한 향이 났다. 아오야마는 소믈리에의 권유로 시음하면서 필사적으로 눈물을 참아야 했다. 시음을 마친 후 소믈리에가 물러나고 카르파초가 테이블에 놓이고 둘만 있게 됐을 때 겨우, 그렇구나, 라고 말했다.

"넌 훌륭해."

그렇게 덧붙이며 건배한 후에 야마자키 아사미는 잔을 잡지 않은 쪽 손을 아오야마의 손에 포갰다.

"미안해요. 이해해 주시겠죠? 정말 기뻐요. 오로지 발레만을 해왔지만 제게는 상담할 사람이 아무도 없었어요. 더군다나 허리까지 다쳤고요. 단순하게 다가오는 사람은 있었지만, 나를 따뜻하게 감싸주는 사람은 없었어요. 그래서 실례라고 생각했습니다만, 아오야마 씨가 처음입니다. 이런 얘기를 털어놓은 사람은요. 엄마 재혼남 얘기를 한 것도 아오야마 씨가 처음이에요……."

7

아오야마는 야마자키 아사미를 택시에 태워 보냈다. 와인 뒤에 그라파를 마시고 천천히 디저트까지 먹고 레스토랑을 나온 것은 약 11시가 지나서였다. 어디 바에라도 가자고 유혹하면 야마자키 아사미는 기꺼이 따라와 주었겠지만, 오늘 밤은 식사만으로 충분하다고 아오야마는 생각했다. 야마자키 아사미 옆에서 줄곧 긴장하고 있었고, 더 이상 무슨 일이 있으면 나중에 벌 받을 것 같은 느낌이 들었다.

아오야마는 택시에서 와인과 그라파의 취기를 빌려 손이라도 잡고 싶었지만 망설이던 끝에 참기로 했다. 손을 잡을지 말지 망설이는 마흔두 살의 중년 남자. 얼마나 음탕한가, 하고 생각했다.

“가까운 시일 내에 또 식사하도록 하지.”

택시에서 내린 야마자키 아사미에게 아오야마가 말했다.

“언제요?”

야마자키 아사미는 거의 반사적으로 되물었다가 이내 기쁨을 들켜버린 아이 같은 표정을 지었다. 그 미묘한 감정의 변화, 순간 보인 수줍어하는 얼굴, 그 직후에 고개를 숙이는 그 타이밍, 끓어오르는 기쁨을 억누를 수 없다는 듯한 미소, 야마자키 아사미의 그런 행동은 아오야마의 전신을 간지럽혔다.

“전화할게.”

그렇게 말하자 야마자키 아사미는 기다릴게요, 하고 작은 목소리로 대답했다.

“이런 시간에 미안하네.”

집으로 돌아오는 택시에서 요시카와에게 전화를 했다. 택시에서 혼자가 된 후에도 젊고 믿을 수 없을 정도로 아름다운 여자가 노골적으로 호감을 표시했다는 들뜬 감정은 가시지 않았다. 몸을 흐르는 피가 꿀이 된 듯한 달콤한 느낌이 아오야마를 묘하게 감상적으로 만들었다. 옆자리에 남은 야마자키 아사미의 코롱 향기에 손을 잡을지 말지 진지하게 망설이는 자신을 음탕하다 생각했던 게 떠올랐다. 마흔두 살의 중년 남자 역시 그럴 때가 있구나, 그때의 자신을 달콤한 고양감의 힘을 빌려 긍정했다. 그러자 모든 중년 남자에 관해 까닭 모를 동정심 같은 것이 생겨났다. 흐뭇한 기분으로 뜬금없이 누군가에게 전화하고 싶어진 것이다. 가방에서 휴대전화를 꺼내 온 세상 중년 남자에게 지금의 자기 기분을 전하고 싶다고 생각했지만, 물론 요시카와 이외에는 그럴 친구가 없다.

"잤어?"

"무슨 일이야? 이렇게 늦게."

요시카와는 졸린 듯한 목소리로 말했다. 취한 것 같기도 했다. 요시카와 집에는 몇 번 간 적이 있다. 그 넓은 응접실에서 골든 블루인가 하는 술을 마시고 있었겠지, 아오야마는 상상했다. 아내와 아이가 잠들기를 기다렸다가 골프 대회 트로피가 여러 개 장식된 선반에서 병과 잔을 꺼내 들고 주방에서 치즈나 안줏거리를 직접 가져와서, 잠자리에 들기 전 주간지를 읽거나 비디오를 보고 있었을 것이다. 얼마나 처량한 놈인가. 가르쳐 주어야 한다. 아무리 중년이 됐다고 해도 기회마저 모두 잃은 것은 아니라고, 혼자서 술을 마시며 취하는 외로움에 주저앉아서는 안 된다고 전해주어야 한다.

"실은 오늘 밤 데이트했어."

아오야마는 목소리가 들뜨지 않도록 애썼다.

"그랬냐, 그래서?"

"야마자키 아사미의 우울한 과거를 들었어."

"어떤?"

"자세히 말할 순 없어. 아주 개인적인 일이니까. 말할 수 있는 건 야마자키 아사미가 불행한 소녀 시절을 보냈고, 그걸 자기 힘으로 극복했다고 하는 거야. 너는 모르겠지만 말이야."

요시카와는 아무 말도 하지 않는다.

"어이, 듣고 있냐?"

"듣고 있어."

요시카와의 목소리가 언짢은 듯했다. 아오야마는 들뜬 기분이 조금 위축됐다. 그런데 요시카와는 어째서 순순히 기뻐해 주지 않는 것일까. 유명한 여성 칼럼니스트가 잡지에 썼었다. 얼굴이 일그러지도록 기뻐하거나 큰소리를 내어 울거나 그 자리에 무너져 내릴 정도로 고뇌하거나 감상적으로 되는 기능은 사람 본래의 것이 아니다, 지루하기 짝이 없는 일상을 보내다 보면 그 기능은 간단히 잃게 된다. 풍부한 감정 표현이나 감동 같은 것은 일종의 특권이다, 라고.

"뭐, 나는 감동했다고."

"그거 잘됐네."

요시카와는 그냥 언짢기만 한 게 아닌 것 같았다. 뭔가 매우 기분 나쁜 일이 있는, 그런 느낌이었다.

"무슨 일 있었어?"

대답하지 않았다. 전화를 끊어야 하는 걸까.

"그럼, 나중에 다시 전화할게."

"아냐, 괜찮아, 모처럼 네가 기뻐하는데 어두운 화제여서 미안하다고 생각했을 뿐이야. 어머니가……, 알지? 우리 어머니."

"물론이지, 무슨 일 있어?"

아오야마는 요시카와의 어머니가 돌아가셨나 하고 생각했다. 무슨 일일까. 행복의 절정을 알리려고 전화했는데 상대는 불행의 바닥에 있었다.

"설마……."

"아냐, 그렇지 않아. 별일 아닌 건데, 치매가 진행돼 계단에서 자주 넘어지곤 해서 말이야. 아니, 차라리 영영 가시는 편이 낫겠다는 생각이 들기도 해. 이런 얘긴 어둡지."

"아, 미안해. 그럴 때 이런 전화를 해서."

"괜찮아, 나도 조금은 마음이 밝아졌으니까. 치매가 진행된다는 건 다른 사람이 되는 거란 정도는 나도 머리론 알고 있어. 그러나 그런 모습의 어머니를 보는 건 고통스러워. 고생은 아내가 하지. 내가 시설에 빨리 보냈더라면 좋았을 텐데, 이리저리 망설이다 정신을 차리고 보니 벌써 7년이나 됐어. 지독한 짓을 한 거지. 아내는 자기 탓이라며 울기도 해. 확실히 내가 모르는 커뮤니케이션이 아내와 어머니에게는 있어. 피가 섞이진 않았지만, 나보다 아내가 훨씬 더 어머니를 걱정하고 있어."

"그래, 큰일은 없었지?"

"음, 지금 아내가 어머니를 모시고 병원에 갔는데, 발목 때문이야. 양다리가 후들거리게 돼서 발목이 부러졌대. 원래 약한 뼈니까. 그런데 젊은 사람 뼈처럼 깨끗하게 부러지지 않고 의사의 표현으로는 목탄을 망치로 부순 것처럼 가루가 돼서, 이제 절대로 원래대로는 돌아가지 못한다네. 인제야 시설에 보내야 하나 생각하던 참인데. 이럴 때 술부터 찾게 되니 나도 한심한 놈이야."

"그런 말 하지 마."

"지금은 간호를 해주는 좋은 시설이 있어, 알고 있나?"

"응, 팸플릿 본 적 있어."

"좀 비싸긴 하지만 말이야, 낼 수 없는 액수는 아니지. 미안하네, 이런 이상한 얘기를 떠들어서."

"아냐."

"네가 부럽다. 같은 마흔 넘은 남자로 이렇게도 처지가 다르다니, 누군 스물네 살짜리 여자와 데이트도 하고."

아오야마는 아무 말도 할 수 없었다. 야마자키 아사미를 알게 된 계기를 만들어준 친구가 기분이 가라앉아 있다. 뭔가 말을 건

네고 싶었지만, 데이트로 고양된 감정이 몸에 남아 있어서 우울해하는 사람을 향한 동정심이 끓어오르지 않았다.

"아참."

요시카와가 목소리 톤을 바꾸며 말했다.

"아냐, 관두자. 별로 관계없는 일이야."

그렇게 말하고 또 침묵하다 한숨을 쉰다.

"뭐야?"

"아냐, 괜찮아."

"궁금하잖아."

"쓸데없는 일이야. 게다가 단순한 소문이고, 그것도 술집 여자에게 들은 것이어서 신용할 만한 소문이 아냐."

"말해봐, 궁금하잖아."

"그 시바다 감독 말인데, 발목 때문에 생각이 났어."

발목? 아오야마는 시바다라는 이름을 듣고 기분이 가라앉았다. 야마자키 아사미를 간접적으로 맡았던, 그 바닥에서는 호색한으로 유명한 시바다라는 놈은 야마자키 아사미와 식사를 하거나 바에서 술을 마시거나 한 적이 있을까? 그런 생각을 하는 것만으로도 증오의 감정이 일었다. 그놈은 매일 밤 야마자키 아사미 같은 여자를 옆에 끼고 밥을 먹었을까? 나처럼 손을 잡을까 말까 망설이지 않고 바로 어깨에 팔을 둘렀을까? 눈앞에 시바다가 있다면 당장이라도 죽일 수 있을 것 같았다.

"시바다란 녀석은 제법 좋은 집안 출신인가 봐. 사건이 될 만한 일들을 교묘하게 감춘 것 같은데, 그 녀석이 누군가에게 발목을 절단당할 뻔했다는 소문이 있었대. 발목을 절단당할 뻔해서 그 쇼크로 심장마비사했다는 거야. 요컨대 누군가에게 살해당했다는 건데, 술집 마담 얘기니까 정확하진 않고 확인할 마음도 들지 않지만 말이야."

뭐 그런 일 갖고, 하며 아오야마는 안심했다. 시바다 같은 놈은 실제로 그런 일을 당해야 한다고 생각했다. 고양감과 질투심, 게다가 취기도 한몫해 아오야마는 그것 이외에는 아무것도 생각할 수 없었다. 아오야마는 언젠가 야마자키 아사미와 함께 있을 때 호텔 라운지에서 본 휠체어를 탄 청년 일은 까맣게 잊었다. 그것을 떠올려야 했다.

"뭐예요, 아버지였어요? 갱이 짖어서 도둑인 줄 알았잖아요."

아오야마가 현관을 열자, 파자마 차림의 시게히코가 컴배트 나이프를 들고 서 있었다.

"그런 건 어디서 났어? 위험하게."

칼날이 30cm에 가까운 거대한 나이프였다.

"무슨 소리 하는 거예요? 아버지가 옛날에 사 왔잖아요. 싱가 포르였나 홍콩이었나, 어딘지는 잊었지만요."

"그랬나."

아오야마는 생각났다. 10년 전쯤에 간 동남아시아 여행 때, 마닐라 청공시장인가에서 산 것이다. 이렇게 위험한 것을 사 왔어요, 하고 요시코에게 야단맞아서 치워놓고는 그대로 잊어버렸다.

"그게 어디에 있었어?"

아오야마는 주방 냉장고에서 알맞게 차가워진 에비앙을 꺼내 거실 소파에 앉아서 마셨다. 주방과 거실은 카운터로 나뉘어져 있다. 거실은 상당히 넓다. 편안하고 커다란 스페인제 소파 세트와 27인치 텔레비전과 오디오 세트와 양주와 잔을 진열한 선반 등이 있다.

"저도 최근에 발견했어요."

시게히코는 컴배트 나이프를 강화 플라스틱제 케이스에 넣고 있다.

"그래서 어디에 있더냐고."

"저기 술이 있는 선반에요."

시게히코는 마호가니의 다갈색 선반을 턱으로 가리켰다.

"전혀 몰랐네."

"비싼 와인이 들어 있는 곳 있죠? 거기 있었어요. 엄마답네요."

마호가니 장식 선반에는 자물쇠로 채워놓은 여닫이문이 달린 칸이 있다. 그곳에 아오야마가 유럽으로 출장 갈 때마다 한두 병씩 사다 모은 샤토 디켐, 로마네 콩티, 샤토 마고 열대여섯 병이 있다.

"뭐가 엄마다워?"

"어쨌건 버리지 않았잖아요. 버릴 거예요, 하고 화를 내도 엄마는 물건을 버리지 않잖아요."

버리지 않잖아요, 하고 시게히코는 현재형으로 말했다. 그랬구나, 아오야마는 고개를 끄덕이며 미소 지었다. 두 사람은 잠시 말이 없었다. 아오야마는 요시코의 옆얼굴을 떠올렸다. 시게히코도 그럴 것이다.

"게다가 말이에요."

시게히코가 말했다.

"비싼 와인을 넣어두는 곳이어서 녹슬지 않았어요. 봐요, 습기 같은 게 없잖아요."

"언제 발견했니?"

"반년쯤 전에요. 내 친구가 자러 왔었잖아요, 기억나지 않으세요?"

시게히코는 반에서도 제법 인기가 있는 친구들을 자주 데려온다. 아오야마는 간섭하지 않기로 작정했지만, 리에는 몹시 기뻐하며 대량의 카레라이스와 주먹밥과 스파게티를 만든다.

"한 친구가 와인에 빠진 놈이 있어서요."

"와인? 고1이 와인에?"

"네, 그 녀석, 뭐라고 하죠, 와인 전문가를?"

"소믈리에?"

"맞아요, 소믈리에. 그거 된다고 지금부터 공부하는 데요, 우리 집 와인을 보고 싶다고 해서요."

"열다섯 살에 벌써 미래를 결정했어?"

"네, 그런 애들이 많아요. 아버지가 살아온 것처럼 좋은 시대가 아니잖아요. 뭐랄까, 썩어빠졌다고 할까, 이 세상이요, 안 그래요?"

"그야 그렇지만."

"이 나라에서 출세해 봤자 개똥 같은 거라는 걸 머리 좋은 고등학생은 다 알고 있어요. 와인을 다루는 일은 저도 좋다고 생각해요. 뭐랄까, 겸허해질 수 있잖아요. 그 밖에도 컴퓨터 소프트웨어 개발이나 그래픽을 하겠다는 애도 있어요. 컴퓨터가 제일 많지만요. 어차피 시작한다면 빠른 편이 좋잖아요."

"너는?"

"저는 좀 더 기다리기로 했어요. 생물도 좋아하고 화학도 좋아하지만, 생화학이나 분자생물학까진 아직 배우지 않았으니까요."

시게히코는 그렇게 말하고, 컴배트 나이프를 와인 넣어둔 곳에 다시 갖다 두었다. 그리고 열쇠를 그 위 아르마냑 병 아래에 감추었다.

"너, 싸움 같은 거 할 때 그 나이프 사용하면 안 된다."

아오야마가 그렇게 말하자, 시게히코는 한심하다는 표정을 지어 보였다.

"그리고 도둑이 들어왔을 때도 마찬가지야. 이쪽이 무기를 보이면 오히려 위험해지는 수도 있으니까."

"알고 있다니까요. 그래도 혼자 있을 때 갱이 짖으면 아무래도 조금은 불안해져요. 요즘엔 이 부근에도 도둑이 늘고 있다니까 더 그래요."

시계를 보니 막 새벽 1시가 되려는 참이다. 아오야마는 시게히코를 혼자 기다리게 해 놓고 야마자키 아사미와 즐긴 것에 조금 죄의식을 느꼈다.

"나도 되도록 빨리 집에 돌아올게."

에비앙을 다 마시고 아오야마는 그렇게 말했다.

"아참, 그래서 어떻게 됐어요?"

2층으로 향하면서 시게히코가 물었다.

"어떻게라니?"

"데이트요."

"상당히 불행한 여자였어. 자세히 얘기해 주어서 알았지만, 고생을 많이 한 사람이야. 학대받으며 자랐지만, 그걸 발레 하는 것으로 극복했대. 곱게 사랑받으며 자라지 않아서 그렇게 강한가 봐."

계단 중간쯤에서 시게히코는 아오야마의 얘기를 듣고 뭔가 생각하는 듯했다.

"왜?"

아오야마가 물었다. 시게히코는 고개를 갸우뚱거렸다. 저는 발레를 잘 모르지만, 하고 시게히코는 계단을 오르면서 말을 계속했다.

"간단하게 지울 수 있는 게 아닐걸요."

아오야마는 속으로 똑똑한 놈이구나, 하고 생각했다. 시게히코가 야마자키 아사미를 만나게 되면 다 이해할 거라고 자신에게 이르면서 잘 자, 하고 말했다. 자기 방에 들어가기 전에 시게히코도 말했다. 느릿한 목소리지만 어른이라 착각할 만한 어조로.

"안녕히 주무세요, 아버지."

계절은 가을에서 겨울로 옮겨가고 '내일의 주인공'이라는 FM 프로는 저절로 소멸해가고 있었다. 프로그램이 끝날 때 제작상

사정으로 오디션은 한동안 연기된다고 간단하게 설명하면 돼, 하고 요시카와는 말했다. 기획이 망한 영화가 연간 몇십 편이나 있으니 아무 문제없어, 게다가 우리는 전문 영화인이 아냐, 애초에 신용과는 관계없는 처지고 어쨌든 2주일만 지나면 아무도 기억하지 않아, 하고 말했다. 요시카와는 어머니를 도쿄에 있는 간병 시스템이 잘 된 노인시설에 보낸 후 차츰 생기를 되찾고 있다.

"하지만 너에게는 시련이겠군. 저 예쁜 야마자키 아사미에게 고백해야 할 테니까. 그 영화는 정식으로 하지 못하게 됐다고 네가 말할 수밖에 없겠지. 설마 아직 말하진 않았겠지. 그걸 고백하기 전에 먼저 건드리면 아무리 착한 아이라도 좀 힘들어질걸."

아오야마는 야마자키 아사미와 아직 손도 잡지 않았다. 지난 2개월간 2주에 한 번 간격으로 만났지만, 처음 데이트와 똑같은 것만 반복하고 있다. 그래도 야마자키 아사미는 기뻐하고 있다고 아오야마는 확신했다. 만날 때마다 기쁨이 고조됐으면 됐지 덜해지는 일은 없었다.

야마자키 아사미는 언제나 통통 튀는 목소리로 전화를 받고 약속 장소에 새로운 옷과 막 드라이한 헤어스타일로 나타났다. 그리고 아오야마는 다양한 레스토랑으로 그를 데려가 근사한 와인을 한두 병씩 비웠다. 두 사람의 화제는 끊기는 일이 없었다. 야마자키 아사미는 발레를 중심으로 얘기하고 아오야마는 주로 독일에서의 체험을 얘기했다.

하지만 '내일의 주인공' 최종회가 가까워짐에 따라 아오야마는 오디션이 사라진 것을 언제 얘기할까 하는 압박감을 느끼기 시작했다. 말해야 하는 것이 그 외에도 있다. 아오야마 자신에 관해서이다. 7년 전에 아내를 잃고 열다섯 살 난 아들과 둘이 살고 있다. 그걸 말할 기회를 어영부영하는 동안 놓치고 있다. 야마자키 아사미 쪽도 아오야마의 프라이버시를 언급하는 것을 신중하게 피하는 듯했다. 도쿄에 처음으로 초겨울 찬 바람이 부는 11월 하순 어느 날 밤, 아오야마는 FM 프로그램이 내주에는 정말 끝난다는 것을 고백하기로 마음먹었다.

약속 장소는 니시신주쿠의 고층 호텔 바였다. 그리고 식사하러 가기 전에 먼저 영화 얘기를 하자고 아오야마는 마음먹었다.

마음을 안정시키기 위해 아오야마는 약속 시간보다 20분 먼저 바에 도착해서 카운터에 앉았다. 샴페인을 잔으로 마실 수 있는 곳으로 잡지 등에 기사가 실린 유명한 바이지만, 이른 시간이어서 손님 수는 적었다. 테이블도 준비됩니다만, 하고 웨이터가 말했으나 아오야마는 카운터를 택했다. 테이블이라면 마주 앉아서 얘기해야 하기 때문이다.

"신주쿠에서 만나자고 하시다니 웬일이세요?"

야마자키 아사미는 검은 미니 원피스에 부츠 차림으로 나타나 언제나처럼 바에 있는 모든 남자의 시선을 받으며 스툴에 앉았다.

"히가시나카노에 조금 색다른 일식 가게가 있어. 옛날에 게이샤였던 사람이 하는 가게인데, 에도 다테바 요리를 잘해. 가끔은 그런 곳도 괜찮지 않을까 싶어서."

어머, 신나요, 하고 야마자키 아사미는 미소 지었다.

"늘 맛있는 것만 사주셔서 살이 쪘어요."

아오야마는 돔 페리뇽 적포도주를 주문하고 건배를 한 후 얘기를 꺼냈다.

"오늘 밤에는 말이야, 좀 유감스러운 뉴스부터 전해야겠군."

그렇게 말하고 야마자키 아사미의 반응을 먼저 봤다. 야마자키 아사미는 잔을 입가로 가져가다 말고 도중에 멈췄다.

"뭔데요?"

어렴풋하게 불안의 그림자가 그녀의 옆얼굴을 덮었다. 아오야마는 요시카와가 시킨 대로 야마자키 아사미의 옆얼굴과 샴페인을 담은 잔을 번갈아 보면서 목소리가 떨리지 않도록 주의하며 말을 꺼냈다.

"야마자키 씨가 오디션을 본 영화 얘긴데."

거기까지 말했을 때, 야마자키 아사미가 휴, 하고 숨을 내쉬며 샴페인을 반 잔 정도 단숨에 마셨다. 그리고 기쁜 듯이 웃음을 지었다.

"왜 웃지?"

아오야마는 이미 가슴 한구석에서 안도하는 자신을 발견하며 그렇게 물었다.

"아니, 웃지 않았어요. 얘기를 계속하시죠."

"웃었어."

"그랬나요?"

"음, 지금 분명히 웃었어. 좋은 얘기가 아냐. 웃으면 얘기하기가 곤란해."

"그렇지만 영화 얘기죠?"

"그렇지"

"주인공이 다른 사람으로 정해졌나요?"

야마자키 아사미는 줄곧 기쁜 듯한 표정을 흩트리지 않는다.

"그렇지 않아. 어떤 작가가 시나리오를 계속 썼는데 오리지널로 말이야, 그 각본을 스폰서가 걷어찼어. 유명한 작가인데 화가 나서 두어 주 전에 관둬 버렸어."

"어머나! 그래서 다른 작가에게 부탁했나요?"

"아니, 배급회사 조건 가운데 하나가 그 작가여서 이번에는 스폰서와 배급회사 간에 마찰이 생겼어. 나도 극영화에 관해 자세히 알지 못하지만, 영화는 자금이나 배급 예정이 없으면 절대로 만들지 못하니 공중에 떠버린 거야. 내주에 제작 연기 발표가 있을 예정이지만, 이 기획은 두 번 다시 빛을 보지 못할지도 몰라."

아오야마는 그렇게 말하고 야마자키 아사미를 봤다. 그런데 의외로 미소를 짓고 있다. 그리고 믿을 수 없는 말을 했다.

"힘드셨겠군요. 입방정일지 모르지만 저는 기뻐요. 정말 방정맞은 소리이지만요."

"기뻐?"

"네. 미안해요, 아오야마 씨가 힘든 일을 겪고 계시는데 이런 소리 해서."

"어째서 기쁘지?"

"지원서 자기소개에도 썼잖아요, 제가 주인공으로 뽑힐 일은 백 퍼센트 없다고 생각한다고요. 그래서 다른 사람이 주인공이 되면 아오야마 씨는 일 때문에 그 배우와 자주 만나시게 될 거 아녜요? 그런 것이 싫었거든요. 근데 영화 그 자체가 없어졌다고 하니 기쁘죠. 게다가 다른 일인 줄 알았거든요. 이를테면 만날 수 없다든가, 만날 횟수를 줄인다든가 하는 일이요."

말을 끝낸 야마자키 아사미는 잔을 부딪쳤다. 얇은 잔이 부딪치면서 금속적인 소리가 울렸고 아오야마는 어깨에서 힘이 빠져나가는 것을 느꼈다.

8

그 가게는 히가시나카노의 음식점가에서 가장 안쪽 골목에 있는데 간판도 네온도 없었다. 옛날에 요시코와 자주 왔던 가게다. 가게의 외관은 그 당시와 다름없지만 거리에는 외국인 매춘부나 화장을 한 게이 모습이 눈에 띄게 늘었다. 그들은 혼자 걷는 남자 취객에게 끈질기게 말을 걸지만, 야마자키 아사미와 나란히 걷는 아오야마에게는 눈길도 주지 않는다. 야마자키 아사미는 택시에서 내려 가게에 들어가는 동안에 매춘부들 몇 명에게 시선을 주었다. 경멸하는 듯한 시선은 아니었고 겁을 먹고 있지도 않았다.

야마자키 아사미는 매춘부나 게이를 지극히 자연스럽게 바라봤다. 아오야마는 매춘부들 사이를 빠져나가듯 거리를 가로지르면서 그들에게가 아니라 그 상황에 우월감을 느꼈다. 몸과 마음을 파는 불행한 여자와 남자가 있지만 자신은 그들을 살 필요가 없고, 몸을 팔 필요가 없는 예쁘고 젊은 여자와 있다는 단순한 사실로 인한 사회적 우월감이었다.

'에도 다테바 요리'라고 붓글씨로 쓰여 있다. 아담한 가게다. 의자가 일곱 개 있는 카운터와 4인석 테이블 두 개가 있는 좌식 방, 그 밖에 손님은 한 팀뿐이다. 근처 은행이나 상사의 임원급으로 보이는 백발노인들이 골프와 주식과 건강에 관해 얘기하면서 고상하게 사케를 마시고 있다. 기모노를 입은 주인은 아오야마를 보고 오랜만이에요, 하고 인사하고는 뜨거운 물수건과 칵테일 잔을 갖다주었다.

"맛있어요." 칵테일을 한 모금 마신 야마자키 아사미의 목소리가 좁은 가게 안에 울렸다. 봉제가 잘 된 슈트를 입은 백발노인들이 일제히 야마자키 아사미 쪽을 봤다. 미인이라면 지금까지 넌덜머리가 나도록 봐왔을 노인들이겠지만, 야마자키 아사미의 독특한 목소리에 이끌린 것이다. 귀에서 뇌 전체로 감겨드는 듯한 금속적이면서도 부드러운 목소리.

"어머나, 기뻐라! 이거 제가 만든 거랍니다."

가게 주인은 카이라는 이름으로 게이샤 생활을 했었다. 의사와 결혼하는 바람에 30대 중반에 은퇴했다가, 이혼하고 가게를 시작했다. 아오야마는 20년 가까운 손님이지만, 물론 카이의 게이샤 시절은 모른다. 카이는 아오야마보다 열 살 연상으로 정, 재계에서 매스컴까지 믿을 수 없을 만큼 많은 인맥을 갖고 있다. 가장 인상에 남는 손님은 누구죠? 하고 언젠가 아오야마가 물었더니, 흐루시초프라고 대답했다. 카이는 요시코를 마음에 들어 했었다. 아오야마는 이 가게에서 자기 개인적인 얘기를 함과 동시에 카이에게 야마자키 아사미를 보여줄 생각이었다.

"다테바 요리가 뭐예요?"

서비스로 나온 돼지고기 조림을 입에 넣으면서 야마자키 아사미가 아오야마에게 물었다. 요리를 날라 온 것은 조금 다리가 불편한 30대 여성이었다. 카이도, 그 30대 여성도 11월인데 다비(일본식 버선 —옮긴이)를 신지 않은 맨발이었다. 물론 난방은 충분히 돼 있지만, 조금의 빈틈도 없는 기모노 아래 맨발은 묘하게 요염하다.

"에도 시대에 성에서 내던 요리라는 설과 거리에 있는 주점에서 내던 요리라는 설이 있는데, 교토에서 생겨난 가이세키 요리보다 친근감이 있고 격식이 없다고나 할까."

카이는 백발노인들을 상대하고 있다. 상대라고 해도 화제에 참가하는 것이 아니다. 빈 잔을 채워주거나 관심을 기울이는 것뿐이다. 카이 씨는 역시 골프는 하지 않나, 그런 식으로 화두가

자기에게 돌려질 때만 짧게 대답한다. 걷는 게 싫습니다. 손님 얘기를 들어주는 것은 주인이건 호스티스건 바텐더건 매우 힘들다. 그러나 카이는 완벽했다.

"전, 가이세키 요리 같은 건 거의 몰라요."

야마자키 아사미는 이탈리안이나 프렌치 레스토랑에서 만났을 때보다 말수가 적었다. 폐쇄적인 분위기에 당황하고 있구나, 하고 아오야마는 생각했다. 요시코도 처음에는 그랬지.

"그 나이에 가이세키 요리를 잘 아는 게 더 이상해."

"그렇지만 맛있죠?"

"난 정말로 맛있다고 생각한 적은 별로 없어."

대합과 방어회, 이시카와의 사케를 마셨다. 피부가 얇은 야마자키 아사미의 볼이 조금씩 빨개진다.

"가이세키는,"

백발노인들을 보고 아오야마는 소리를 낮췄다.

"가이세키는 기본적으로 노인들을 위한 요리야."

작은 목소리로 장난스럽게 말하자 야마자키 아사미가 웃었다. 귀에 감겨드는 듯한 기분 좋은 미련이 남는 웃음소리.

"어째서요?"

야마자키 아사미는 방어회에 고추냉이를 올리면서 얼굴을 들고 물었다. 아오야마는 옆에 앉은 야마자키 아사미의 젓가락 든

손을 바라봤다. 어린 시절 받은 학대를 발레로 극복했지만, 허리를 다치며 발레를 포기하고 지금 여기에 있는 스물네 살 난 여자의 손. 가는 손가락 끝에는 연한 분홍색 매니큐어를 칠한 타원형 손톱이 있고, 손등 중앙에는 파란 혈관이 희미하게 보이며, 피부는 전체적으로 한 겹 인공의 막을 친 듯이 매끄럽다.

"가이세키 요리의 특징을 한마디로 말하면 부드럽다는 거야. 치아에 부담이 가는 딱딱한 게 하나도 없어. 새우도 갈아서 경단으로 해놓았고, 고기 요리는 거의 없지. 세련됐지만 뭐랄까, 단순히 삼키기 쉽게 요리돼 있을 뿐이라고 할 수 있지."

야마자키 아사미가 바로 옆에 있는 데 제법 익숙해졌다고 생각하는데도 어깨가 닿을 정도로 나란히 앉아 있으니 아오야마는 긴장됐다. 목이 말라 사케를 비우는 속도가 빨라지는 것을 자제해야 했다. 긴장해서 침착함을 잃고 게다가 같이 있는 이성의 마음에 들고자 애쓸 때 사람은 말이 많아진다.

"일본요리는 몸에 부드럽고 건강에 좋다고 흔히들 말하지만, 나는 조금 생각이 달라. 일단 이렇게 카운터에 나란히 앉아서 먹는 시스템도 생각해보면 이상해. 생선 초밥도 말이지, 마주 앉는 것이 아니라 옆에 앉아 먹잖아. 그리고 카운터 안에 있는 요리사, 주방장과 세상 얘기 같은 것을 하면서 먹지. 이 오징어는 뭐라고 하는 종류이고 어디서 잡았으며, 맛있는 시기는 앞으로

2주 정도밖에 되지 않는다는 등의 얘기를 요리사와 나누면서 먹는다는 건, 생각해보면 이상한 시스템 같지 않아?"

"정말 이상해요. 전 생선초밥집에 그렇게 많이 간 건 아니지만, 게다가 카운터에서 먹은 건 손으로 꼽을 정도지만요. 그렇지만 뭔가 이상한 장소라는 것을 느꼈어요."

"그건 나쁘게 말하면 공모야."

"공모?"

"카운터 안과 밖이 전부 한통속이 되는 거잖아. 초밥집에 따라서는 카운터에 앉는 손님이 단골이거나 아는 사람인 경우가 많지. 처음 가는 손님이 카운터에서 먹으려면 용기가 필요해. 작은 공동체가 완성돼 있어서 그 화기애애한 분위기가 아주 중요하지. 아무도 일대일 개인으로 마주 보지 않아. 주방장이라는 사회자가 있고, 사회자를 통해 대화가 진행되지. 생선초밥집 카운터에서 연인들이 느긋한 시간을 가지는 건 절대로 무리야. 그런 짓을 했다간 가게에서 두 사람은 고립돼."

"그렇겠군요."

"그리고 아주 지쳐 있을 때는 초밥과 가이세키 요리를 먹고 싶은 마음이 들지 않아."

"그래요?"

"해외에 있을 때인데, 몸도 신경도 몹시 지쳐 있을 때 차가운

초밥이나 맛이 연하고 씹을 게 없는 가이세키 요리는 별로 생각나지 않아. 적어도 나는 그래. 그보다는 중국집의 사천요리나 한국요리처럼 향이 강한 쪽이 생각나지. 자극적인 것이 식욕을 돋운다고 생각하지 않아?"

"저도 인도 요리를 아주 좋아해요."

"음, 인도 요리도 맛있지. 향신료를 많이 넣는 조리법은 기본적으로 더운 지방 것이야. 캄보디아, 타이, 베트남, 모두 그래. 한국은 어느 쪽인가 하면 추운 쪽이지. 그러나 한국요리에는 향이 강한 것도 많아. 그 이유를 생각해 본 적이 있는데 한국은 중국이라는 대국에 인접해 있어서 그 역사가 가혹했지. 그랬지만 정말 풍요로운 문화가 있어. 가혹한 역사란 이를테면 눈앞에서 가족이 이민족에게 죽임을 당한다거나 하는 거겠지. 난폭하지만 말이야. 그런 고통스러운 상황일 때도 사람은 역시 밥을 먹지 않으면 안 돼. 의욕이 없을 때는 자극적인 음식이 좋기도 하지. 식욕을 북돋워 주니까. 초밥이나 가이세키 요리에는 그런 힘이 없어. 한입 크기에다 부드러워서 먹긴 좋지만, 먹을 힘이 없을 때 생기를 불어넣어 주는 음식은 아냐. 식욕은 늘 있다는 가정 아래 발전해 온 거라고 생각해. 언제, 어떤 때나 이 나라에는 따뜻한 공동체만 있다는 환상이 있어. 그러니 절대 부드러운 요리가 아냐. 그 공동체에서 벗어난 사람에게는 지독히 차가운 요리라고 생각해."

그런 얘기를 하는 동안에 아오야마는 사케를 다섯 잔이나 마셨다. 말이 많다고 생각했다. 취하지 않도록 주의해야 한다. 사생활 얘기를 술기운으로 해서는 안 된다. 야마자키 아사미는 방어회 먹던 손을 멈추고 물끄러미 아오야마 쪽을 봤다. 예쁘면서도 묘한 얼굴이야, 아오야마는 생각했다. 보는 각도에 따라 인상이 달라 보인다.

"아오야마 씨는 늘 그런 것에 관해 생각하세요?"

야마자키 아사미는 진지한 얼굴로 그렇게 물었다.

"그런 것이라니?"

"지금까지 줄곧 얘기한 거요."

"늘 생각하는 건 아냐."

마지막 남은 방어회 한 조각을 먹고 야마자키 아사미는 말했다.

"저는 아오야마 씨의 그런 얘기 듣는 게 참 좋아요."

아오야마는 그 말을 듣고 수줍어했다. 맨발의 종업원이 사케를 추가로 더 가져오고 장어구이와 토란찜, 버섯무침을 가져왔다.

"그런 얘기를 내게 진지하게 말해 주는 남자를 만난 건 처음이에요."

백발노인들이 디저트로 곶감을 다 먹고 카이에게 건네받은 코트에 팔을 끼며 돌아갈 채비를 했다. 긴자에 좀 나가볼까? 내일은 아침 비행기로 시애틀 출장이야. 장시간 비행은 허리뿐만 아니라 면역계에 나쁘다던데, 하는 소리가 낮게 들린다. 노인들은 아오야마와 야마자키 아사미 옆을 지날 때 실례한다는 인사를 하고 가게를 나갔다. 진짜 권력자들은 예의가 바르다. 아오야마는 그렇게 생각했다.

"남자들은 제가 젊고 또 여자여서 그런지 모르겠지만 별로 진지한 얘기는 하지 않아요."

"아냐, 내 쪽이야말로 쓸데없는 얘기를 길게 해서 반성하고 있어."

"그렇지 않아요. 정말 중요한 얘기를 해주셨어요."

그렇게 말해주니 고맙지만, 하고 아오야마는 말한 다음 사케를 마시며 수줍게 입을 열었다.

"그런데 사실은 나, 초밥을 굉장히 좋아해."

그 말에 야마자키 아사미가 소리 내 웃었다. 노인들이 돌아가고 카이도 배웅하러 나가서 가게 안에 두 사람만 있게 되자 긴장이 풀린 탓인지 아오야마도 따라 웃었다. 웃음이 끝나고 아오야마는 오늘 밤 주제를 얘기하기로 했다. 카이는 가게로 돌아왔지만, 아오야마와 야마자키 아사미에게서 떨어져 앉아 담배를 피웠다.

"오늘 밤에는 중요한 얘기를 하려고 해."

아오야마는 먼저 그렇게 말했다. 뭔데요? 야마자키 아사미는 버섯을 입에 넣으면서 조금 빨개진 얼굴을 돌린다.

"원래 이런 얘긴 술 마시기 전에 혹은 술이 없는 자리에서 해야 하는지도 모르겠는데."

야마자키 아사미는 집었던 버섯을 팔각 주발에 도로 내려놓았다. 그러고는 아오야마의 긴장을 민감하게 감지하고 시선을 자기 손 밑으로 떨어뜨렸다.

"내 사생활에 관해서는 지금까지 말하지 않았는데, 나는 7년 전에 아내를 병으로 잃었어."

아내라는 말에 야마자키 아사미는 미미하게 몸이 굳어지더니 잃었다고 하는 말을 듣고 아오야마 쪽을 바라봤다.

"음, 그래. 그 이후, 누구와도 사귀지 않았어. 아니, 성실한 모럴리스트라고 생각하면 곤란해. 그때까지 아주 불성실한 남자였지만 아내가 떠난 뒤부터는 어쨌든 일에만 몰두했어. 전에 독일 파이프 오르간 연주자 얘길 했지? 그 일을 추진한 것이 아내가 떠난 직후였어. 이 가게에도 아내와 둘이 종종 왔지. 오해하지 않길 바라는데, 아사미를 아내 대신으로 생각하거나 아내를 닮았다거나 한 건 아냐. 아사미와 아내는 다른 사람이고 전혀 다른 타입이야. 그래서 나는 당신과 이렇게 몇 번 만나며 재혼이란 걸 생각하게 됐어."

야마자키 아사미의 안색이 바뀌었다. 몹시 놀란 표정이 됐다. 호흡이 빨라지고, 검은 광택이 나는 천에 쌓인 어깨가 위아래로 흔들렸다.

"실례되는 말을 했다면 용서해. 당신에게 전혀 그런 기분이 없다면 내가 하는 행동은 어릿광대 짓이야. 하지만 그래도 좋다고 생각했어. 나는 한 번 결혼한 몸이야. 그렇지만 결혼을 생각하고 앞으로 사귀어 줄 수 없을까 하고."

야마자키 아사미는 아오야마를 바라본 후 이내 시선을 떨어뜨리고, 입술 모양을 굳이 바꾸어 미소를 지으려고 했다. 몇 번 그렇게 미소를 지으려다가 야마자키 아사미는 이윽고 단념하고 조용히 고개를 저었다.

"전, 그런 여자 아녜요."

그렇게 말하는 목소리가 그때까지와는 미묘하게 달라서 아오야마는 문득 차가운 바람에 닿을 때처럼 한기를 느꼈다.

그런 여자가 아니라는 건 어떤 의미인가? 가정에 주저앉을 생각은 없다는 건가, 진지하게 사귀는 게 아니었다는 건가?

"미안합니다."

그렇게 말하고 야마자키 아사미는 일어섰다. 카이가 이쪽을 봤다.

아오야마는 애초부터 두려워하고 있던 사실이 현실로 나타난 것 같아 할 말을 찾았지만 아무 말도 떠오르지 않았다. 뭔가를 해야 한다고 생각했지만, 몸이 움직이지 않았다. 그동안에 야마자키 아사미는 벽에 걸려 있던 가죽 코트를 들고 미안합니다, 하고 말했다.

"미안합니다. 오늘은 그만 돌아가야겠습니다."

그런 표정의 야마자키 아사미를 보는 것은 처음이어서 아오야마는 아무런 말도 못 하고 망연히 바라볼 뿐이었다.

둔탁한 소리와 함께 문이 열리고, 카이가 담뱃불을 비벼 끄며 말했다.

"뭐 하고 있어요, 따라 나가지."

야마자키 아사미는 가죽 코트를 손에 든 채 매춘부와 게이들 사이를 거의 달리다시피 걷고 있다. 야마자키 아사미가 큰길로 나가기 전에 잡으려면 아오야마는 달려야 했다.

"아사미!"

아오야마는 달리면서 이름을 불렀지만, 목구멍이 달라붙은 느낌이 들고 소리가 크게 나오지 않았다. 매춘부와 게이가 있는 좁은 거리는 올 때와 달리 현실감을 잃고 있다. 화려한 싸구려 의상을 입은 매춘부, 두꺼운 화장을 하고 가발을 쓴 게이들 얼굴이 클로즈업되어 갑자기 시야로 튀어 들어왔다. 느닷없이 영화 속에 빠져버린 것 같다. 악몽 같기도 하다. 초록색으로 물들인 매춘부의 머리칼과 하이힐 뒷굽 금속의 은색, 게이 입술에 바른 선명한 립스틱의 붉은색, 분홍빛 스타킹, 그런 색만 무질서하게 시야에 들어와 지금 자기가 무엇을 하는지 모호해졌다. 아오야마는 겨울이어서 다행이라는 생각을 했다. 지금이 뜨뜻미지근한 계절이었다면 비현실감은 더 강했을 것이다.

"아사미!"

세 번째 이름을 불렀을 때, 야마자키 아사미가 멈춰 서서 돌아봤다. 아오야마가 그대로 계속 달려가 팔을 뻗치면 잡을 수 있는 거리까지 가까워졌다. 야마자키 아사미는 화난 듯한 얼굴이었다.

"갑자기 그런 말을 꺼내서 미안해. 어쨌든 택시까지 바래다줄게. 오늘 한 얘기의 대답은 다음에 만날 때라도 괜찮고 전화로도 괜찮고 언제라도 괜찮아. 어쩌면 아사미에게는 진지하게 생각할 일이 아닐지도 모르지만, 그래도 어쩔 수 없었어. 꼭 말하고 싶었으니까."

야마자키 아사미는 화난 표정으로 뭔가 말하고는 고개를 가로저었다. 소리가 너무 작아서 무슨 말을 했는지 알 수 없었다. 입김이 하얗게 번졌다. 꿈이나 영화 속에 빠진 듯한 비현실감은 줄곧 이어져서 아오야마는 자신이 토하는 하얀 입김만을 사실적으로 느꼈다.

야마자키 아사미는 아오야마를 응시하며 뭔가 말하려고 하다 다시 고개를 떨어뜨리고는 큰길 쪽으로 천천히 걷기 시작했다. 아오야마가 곳곳에서 멈춰 서지 않으면 추월할 수 있을 것 같은 느릿느릿한 걸음이었다. 아오야마는 좁은 골목에서 저 건너편 초고층 빌딩들을 멍하니 바라보며 걸었다. 니시신주쿠의 빌딩 숲은 옥상마다 빨간 라이트가 규칙적으로 깜박거렸다. 심장의 고동을 나타내는 모니터를 닮았다고 생각했다. 큰 거리에 나가서도 두 사람은 택시를 잡지 않고 한동안 멈춰 서 있었다. 아오야마는 야마자키 아사미가 코트를 입지 않은 것을 새삼스레 깨닫고 가만히 코트를 어깨에 걸쳐주었다. 검은 가죽 코트가 어깨에 걸쳐져 등을 감쌌을 때, 야마자키 아사미가 쓰러지듯이 안겨들었다. 아오야마의 목덜미에 얼굴을 파묻으며 팔을 등으로 돌렸다. 어깨가 작게 떨렸다. 몹시 불편한 자세가 됐다. 아오야마는 어찌해야 좋을지 몰랐다. 단지 야마자키 아사미의 어깨에 걸친 코트의 차가운 가죽 감촉을 확인하듯이 그의 몸을 받쳐주었다. 그렇게 받쳐주지 않았더라면 서 있지 못했을 것이다. 이윽고 야마자키 아사미가 아오야마에게서 몸을 떼며 말했다.

"놀리시는 것 아니죠?"

아오야마는 순간 소름이 돋았다. 야마자키 아사미의 목소리와 얼굴이 전혀 다르게 느껴졌다. 야마자키 아사미의 성대와 얼굴 피부를 덮은 막이 벗겨진 듯한 느낌마저 들었다.

"물론이지, 난 진지해."

아오야마는 꺽꺽거리는 목소리로 그렇게 말했다. 야마자키 아사미의 표정이 서서히 원래대로 돌아갔다. 얼굴에 반투명 막이 다시 달라붙은 느낌이다. 가면을 쓰고 진짜 얼굴을 가린다거나 얼굴 가리는 막을 뒤집어쓰고 상대방 시선을 차단하는 그런 것이 아니다. 의식적이라고는 생각할 수 없다. 몹시 자연스러운 변화였다. 우스워서 웃는다, 굴욕을 당해서 화를 낸다, 그런 표정의 변화였지만, 너무나 갑자기 그것도 순식간에 자연스럽게 일어나서 딴사람이기라도 한 것처럼 반투명의 막이 벗겨졌다가 다시 붙은 것 같았다.

"기뻐요."

야마자키 아사미는 그렇게 말했다. 평소 목소리와 같은 어조였다. 택시를 탈 때 야마자키 아사미는 오늘 참 고마웠어요, 하고 인사했고, 아오야마는 시게히코 얘기를 깜박했네, 생각하면서 그에게 키스했다. 야마자키 아사미는 입술을 포개며 사랑해요, 하고 속삭였다. 나도, 하고 아오야마는 아사미의 입술이 떨어졌을 때 말했다.

택시가 보이지 않을 때까지 야마자키 아사미는 계속 손을 흔들었다.

"어디서 만났어요?"

카이는 혼자 되돌아온 아오야마를 위해 따뜻한 사케를 준비해 두었다가 대작해 주었다.

아오야마는 카이가 묻는 대로 오디션 얘기, 야마자키 아사미의 환경 등을 모두 말해 주었다. 방심 상태의 어린애처럼 지껄이고 있다는 생각이 들었다. 택시 문이 닫히기 직전의 키스 때문이었다. 야마자키 아사미의 입술은 부드럽고 차가워서 떨어진 순간에 지금까지 맛본 적 없는 희한한 죄악감을 느꼈다. 절대로 허락 받지 못할 짓을 했다, 이제 돌이킬 수 없다, 그런 느낌이었다. 그건 어딘가 잔혹한 느낌이 들었다. 그래서 압도적으로 감미로웠다. 한 번 더 그렇게 그 입술에 닿을 수 있다면, 하고 아오야마는 생각했다. 나는 아마 전 재산을 던질지도 몰라…….

카이는 아오야마의 코앞에서 다시 데운 사케를 술잔에 따르고 궐련을 피웠다. 단정한 얼굴이지만, 야마자키 아사미와 키스를 하고 나니 그 얼굴의 주름만 두드러져 보였다.

"어떻게 생각해요?"

카이가 잠자코 있어서 아오야마가 물었다. 카이의 의견을 듣고 싶었던 것이 아니라 확인하고 싶어서 물은 것이다. 요즘 세상에 어디를 찾아봐도 그런 여자는 없어요, 네, 그걸 알았겠죠?

"이상한 사람이네요."

카이는 연기를 뿜어내며 말했다.

"이상하다고요?"

"그런 여자는 처음 봤어요."

"시대가 달라졌잖아요."

"그것도 생각해 봤는데 절대 달라지지 않는 것들이 있어요. 그건 그 사람이 무엇을 가장 소중히 여기는가죠. 조금만 얘기해보면 난 금세 알 수 있어요. 요즘 젊은이들은 남자나 여자나 프로나 아마추어나, 가장 소중한 것을 모르고 있거나 알면서 그걸 지킬 힘이 없거나 대략 이 두 가지 부류인데, 그 여자는 달라요. 그 여자는 알고 있어요. 그러나 그것을 드러내지 않는 거죠. 돈은 아니고, 성공이거나 행복이거나 평범한 생활이거나 강한 남자이거나 이상한 신일 텐데, 아마 다 틀렸겠죠. 어딘가 여려 보이면서도 강함이 느껴져요. 이해하기 어려운 사람이더군요."

그렇지만 괜찮은 여자죠? 하고 아오야마가 묻자 카이는 의외라는 얼굴로 새 궐련에 불을 붙였다.

"진심으로 그렇게 생각해요?"

카이의 물음에 아오야마는 묘한 기분이 들었다. 야마자키 아사미가 좋은 아이가 아니란 걸 알고 있으면서 줄곧 모른 척한 걸

지적받은 듯한, 놀라고 싶은데 놀랄 수 없는 그런 기묘한 기분.

"나쁜 여자는 아니라고 생각해요. 어쨌든 저는 진심입니다."

아오야마가 그렇게 말하자 카이는 난감한 표정을 지으며 고개를 저었다.

"좋다, 나쁘다, 그런 판단을 할 부류의 여자가 아니에요. 아오야마 씨가 그렇게 빠져 있으니 이런 말 해 봤자 소용없겠지만, 가능하다면 저런 여자는 무시하는 쪽이 좋다고 생각해요. 터무니없이 좋은 여자거나 터무니없이 나쁜 여자거나, 그도 저도 아니면 양쪽 다거나, 세 가지 중 하나일 겁니다."

9

다음 날 오전 이른 시간에 야마자키 아사미는 회사로 전화를 걸어왔다. 야마자키 아사미 쪽에서 전화를 건 것은 처음이었다.

"저예요, 회사에 전화해서 미안해요."

야마자키 아사미의 전화를 처음 받은 것은 다카마쓰라는 젊은 사원이었다. 사원 수 일곱 명인 작은 회사여서 50대 공인회계사인 다나카 이외에는 모두 '사장님'이 아니라 '아오야마 씨'라고 부른다. 아오야마 씨, 야마자키 아사미 씨에게서 4번에 전화와 있습니다……. 사원은 "어느 곳의 야마자키 씨입니까?" 하고 물었을 것이다. 야마자키 아사미는 뭐라고 대답했을까. 작은 사무실이어서 아오야마에게 별도의 개인 방이 없다. 전화 내용이 사원들에게 들리겠지만, 무슨 상관이야, 아오야마는 생각했다.

어차피 언젠가 사원들에게도 발표하게 될 것이다. 스무 살 가까이 연하인 젊은 여자와 재혼, 게다가 여느 배우들보다 더 예쁜 여자, 놀릴 게 뻔하지만 그래도 모두 기뻐해 줄 것이다. 아오야마는 그렇게 생각했다.

"실례되지 않았나요?"

"아냐, 그러잖아도 전화하려고 생각했어."

"빨리 얘기하고 싶고 목소리를 듣고 싶었어요."

"아아, 그건 나도 마찬가지야."

다카마쓰가 컴퓨터 키보드를 두들기면서 힐끗 이쪽을 봤다. 다카마쓰는 스물다섯 살이다. 전문대를 졸업하고 1년간 런던에서 살다가 귀국하여 지방 텔레비전 방송국에 들어갔지만, 리얼한 다큐멘터리를 만들고 싶다는 이유로 그만두고 아오야마의 회사에 들어왔다. 면접 때는 좀 건방져서 다른 선임 사원은 채용을 반대했지만, 아오야마는 그 영어 실력과 열의를 높게 평가했다. 다카마쓰는 해외 다큐멘터리 프로그램을 사들이는 것과 해외 제작사와 협동 제작하는 프로그램 기획서를 만들고 있다. 자기 취향대로 기획에 우열을 정하는 젊은 친구들이 두드러지는 속에서 다카마쓰는 매우 냉정하게, 그리고 열심히 일한다. 다카마쓰에게는 외국인 남자친구가 있다.

"어제는 미안해요. 뭔가, 혼란스러워져서."

“사과할 것 없어. 그런 얘기를 갑자기 한 내가 잘못이지.”

“왜 전화했는지 아세요?”

“뭔지 모르게 알 것 같아. 나도 목소리를 듣고 싶었으니까.”

야마자키 아사미의 말투가 미묘하게 바뀌었다. 여전히 정중하지만, 높임말이 줄고 친근한 느낌이 늘어났으며 어딘지 모르게 응석을 부리는 듯한 여운이 남았다. 직접적으로는 어제의 키스 탓일 테고, 일반적으로는 중대한 비밀을 공유하게 됐기 때문일 거라고 아오야마는 생각했다. 물론 아오야마는 그 어조 변화를 환영했다. 어딘가 응석 부리는 듯한 목소리의 여운은 더 강하게, 요염하게 신경에 감겨들어 절로 뺨이 늘어지는 것을 자제해야 했다.

“저, 아직 잘 모르겠다고 할까, 믿을 수가 없어요.”

“내가 어젯밤 한 말을?”

“그렇죠, 그것 말고 또 다른 게 있었나요?”

“모든 것이 급작스러웠으니까.”

잠시 침묵이 있고 난 뒤, 야마자키 아사미가 말했다.

“정말이죠?”

진지하고 달콤한 목소리였다.

정말이지, 어제 내가 한 말을 잊었지만, 그건 거짓이 아니다, 야마자키 아사미의 목소리를 듣는 동안 지금 당장 만나고 싶다는 생각이 들었다. 그러자 온몸의 신경이 와글와글 소란스러워지고 관자놀이와 목 주변이 뜨거워졌다.

"또 곧 만날 수 있을까요?"

야마자키 아사미가 절실한 목소리로 그렇게 물어서, 물론이지, 하고 아오야마는 대답했다.

"나 역시 지금 당장이라도 보고 싶어."

다카마쓰가 이쪽을 보고 있다. 그러면 이따가 내가 전화할게, 아오야마가 그렇게 말하고 전화를 끊자 다카마쓰가 미소를 건넸다. 이제부터 구체적으로 어떻게 하면 좋을지 아오야마는 모르겠다. 이를테면 섹스에 관해서이다. 키스만으로 서로의 마음을 확인하고 그다음은 결혼할 때까지 기다려야 할까. 어젯밤 카이에게 넌지시 물어봤지만, 카이는 이렇게 대답했다.

"글쎄요, 나는 모르겠어요. 요즘 젊은 여자들 사고방식은 큰 차이가 있어서. 특히 그 여자는 더 모르겠어요. 다만 한 가지 말할 수 있는 것은 깊은 사이가 되면 될수록 아오야마 씨는 그 여자에게 빠져들겠죠. 아오야마 씨는 그 여자에 관해 아무것도 모른다는 사실을 명심할 필요가 있어요. 그럼 어떻게 하면 알 수 있겠냐고요? 그걸 알 방법은 없을 거예요. 아는 사람이 있을 리도 없겠죠. 다만 그 여자는 조금 고풍스러운 데가 있더군요. 내가 현역 시절 화류계에서 그런 느낌의 여자를 본 적 있어요. 한

두 명 정도, 아주 예쁜 아이가 있었죠. 당연히 인기가 많아서 단골도 많았고요. 그런데 이상한 아름다움이었어요. 예쁜 얼굴은 자기와 타인의 모든 불행을 양분(養分) 삼아 만들어진 듯해서 함께 있으면 파멸할 것 같은 느낌을 주었죠. 그 느낌이 남자들을 미치게 만드는 여자였어요."

아오야마는 다카마쓰와 점심을 같이하기로 했다. 회사에서 전화로 예약해 놓고 다카마쓰가 도쿄에서 가장 좋아한다는 레스토랑으로 갔다. 여덟 개 있는 테이블은 모두 다 찼고, 대기하는 사람도 있었다. 다카마쓰는 단골답게 메이지진구 숲이 보이는 창가 테이블로 안내받았다.

다카마쓰가 인도산 맥주를 주문했다. 라벨에 핑크 플라밍고가 세 마리 그려진 인도산 맥주, 다카마쓰는 잔을 사용하지 않고 병째로 마셨다. 탄도리에서 구워낸 치킨과 새우를 먹으면서 아오야마는 지금까지의 일을 얘기했다. 만남부터 어젯밤의 키스까지.

아오야마의 고백이 끝나자, 어머나, 그런 일이 있었군요, 하고 다카마쓰가 말했다.

"어쩌다 그렇게 낭만주의자가 돼 버린 거예요?"

"내가?"

"그래요."

"낭만주의자가 된 건가?"

"전형이잖아요. 전 아오야마 씨가 제대로 된 다큐멘터리를 만들, 일본에서는 몇 안 되는 사람이라고 생각하고 있었는데."

"다큐멘터리와 사적인 연애가 무슨 관계가 있나?"

"다큐멘터리에 낭만을 도입해서는 안 된다고 가르쳐준 것은 아오야마 씨였어요. 결과적으로 로맨티시즘이 생각나는 건 어쩔 수 없지만, 낭만은 너무 모호한 것이어서 방해만 되고 위험하다고."

"그런 말을 했던가."

"물론 직접적인 표현은 아니었지만, 그런 것을 저는 배웠다고 생각해요. 물론 일과 사생활은 별개예요. 저 역시 기본적으로는 낭만주의자라고 생각하고요. 그러나 로맨티시즘에 따라 사실을 눈감는 것은 좋지 않겠죠?"

창 너머로 바람에 흔들리는 플라타너스 가지의 실루엣이 보인다. 탄도리 치킨을 먹은 후, 가지와 다진 쇠고기를 넣은 카레를 먹는 다카마쓰의 얼굴을 바로 옆에서 보고 있자니, 카이가 한 말이 이해됐다. 다카마쓰는 평범하다. 자신과 의욕에 차 있으며 옷을 입는 감각도 나쁘지 않다. 전체적으로 매력적이지만 평범하다. 그런 다카마쓰에 비해, 야마자키 아사미의 얼굴과 몸매는 아슬아슬할 정도로 위험한 느낌이 든다. 뭔가가 당장이라도 무너져내릴 듯한, 평형 상태가 끝나고 갑자기 기울어져서 모든 것이 파괴될 것 같은 그런 예감이 항상 든다. 옆에 있으면 늘 가벼운 불안 상태를 느껴, 심장 고동이 빨라지고 침착함을 잃게 된다.

"내가 뭔가에 눈을 감고 있는 건가?"

"물론이에요."

"내가 그 사람한테 빠져 있다는 건 백 퍼센트 인정해."

"섹스는? 하고 싶어요?"

그 물음에 아오야마는 침묵했다. 당연히 섹스는 하고 싶지만, 몸에 닿는 순간 그녀가 사라질 것 같아서 무섭다고 솔직하게 대답하면 비웃겠지, 생각하며 로맨틱하다는 의미를 깨달았다.

"하고 싶지."

"그럼, 하면 되잖아요?"

음, 하고 끄덕이면서 아오야마는 숟가락으로 카레를 뜬 채 한동안 가만히 있었다.

"무섭죠?"

진지한 표정으로 다카마쓰가 물어서 응, 하고 아오야마가 끄덕이자 웃음을 터트렸다. 아오야마도 함께 웃었다. 별일이에요, 다카마쓰는 또 말했다.

"섹스가 잘 안 되면 어쩌나 하는 불안은 없어."

"그야 그렇죠. 마흔이나 돼서 섹스가 서툴다면 죽는 게 낫겠죠."

"그럼 나는 뭐가 두려운 거지? 뭐 때문에 그 사람한테 미움받을까 봐 두려워하는 걸까?"

"지금은 자신에게 묻고 싶죠?"

"응. 그 사람에게 빠져 있으니까 뭔가가 무너지는 것이 두려워. 구체적으로 두려운 건 아무것도 없어. 그냥 뭔지 모르게 두려운 거야."

"낭만적이시네요."

"음, 낭만이란 건 독선이지. 섹스는 말이야, 작정하고 진부하면서도 우아한 말로 유혹하고, 상대가 거부하면 결혼할 때까지 기다리면 돼. 간단하지."

당근과 우유로 만든 디저트를 먹으면서, 어디서 섹스할 거예요? 하고 다카마쓰가 물었다. 호텔? 아니면 스기나미에 있다는 그의 집?

"여행을 가는 건 어떨까?"

아오야마가 그렇게 말하자 나쁘지 않죠, 하고 다카마쓰는 고개를 끄덕였다.

"참, 회사 컴퓨터를 바꾸는 바람에 이틀간 쉬기로 했거든. 이즈에 좋은 호텔이 있는데, 식사도 완벽하고 온천도 있어. 아사미만 좋다면 거기서 여유롭게 쉬지 않을래?"

아오야마는 회사로 돌아와 공중전화로 야마자키 아사미에게 전화를 걸었다. 여행을 가자는 말에 야마자키 아사미는 이내 언제나의 그 목소리로 기뻐라, 하고 말했다. 호텔이나 온천이라는 말을 사용할 때 아오야마는 긴장했다. 결혼하기 전에 섹스하자고 말하는 것과 같은 뜻이 아닌가. 여자를 유혹할 때 공적인 규칙은 존재하지 않는다. 법적인 절차가 끝날 때까지는 섹스하지 않겠다고 상대방이 말한다면 그다지 호감을 사지 못한 걸로 생각해야 한다.

"저, 그 호텔 말인데요, 어떤 차림으로 가야 하나요?"

"어떤 차림이라니?"

"훌륭한 호텔이죠?"

"리조트니까 캐주얼한 차림이어도 괜찮아."

아오야마는 방은 하나로 할까, 둘로 할까 하는 얘기는 하지 않고 만날 장소와 시간만 정하고 전화를 끊었다. 아오야마는 야마자키 아사미에게 전화를 걸기 전에 이미 예약해 두었다. 주니어 스위트룸 하나, 침대는 트윈으로 했다. 출발은 3일 뒤 토요일, 약속 장소는 언제나 만나는 아카사카 호텔 현관 앞으로 정했다. 시게히코에게는 물론 사실대로 말해야겠다고 아오야마는 생각했다.

"1박만 할 거예요?"

그날 저녁 식사 때 아오야마는 시게히코에게 얘기했다. 시게히코는 얘기를 듣고 이해는 했지만, 한번 만나볼 걸 그랬어요, 하고 말했다.

"응, 그러니까 일요일 밤에는 돌아올 거야."

"신혼여행은 아니죠?"

"물론이지, 먼저 상대의 마음을 확인한 후 네게 소개하려고. 소개한 후에 결혼 같은 것 할 생각 없다고 하면 곤란하잖아."

"이런 말 하긴 좀 그렇지만요."

"뭔데?"

"우리 집에 재산이 많은 것도 아니고, 집도 전세고 차도 벤츠가 아니라 아우디고, 꽤 빠듯한 생활이 될 거라는 말을 그분에게는 제대로 하셨어요?"

"그렇게 구체적으로는 말하지 않았어. 그럼 너는 그 사람이 재산을 노려서 나랑 사귄다고 생각하니?"

"그렇진 않아요. 그런 건 지금 유행하지도 않고, 또 그런 단순한 여자였다면 아무리 아버지라도 알아차렸겠죠. 그러니까 그런 게 아니라요, 어쩌면 부자일 거라고 상상할 수도 있잖아요? 그런 건 의외로 큰일이 될 수 있지 않을까요?"

"그럴 수도 있겠구나. 여행 중에 넌지시 얘기할게."

"예, 말하는 편이 좋아요. 아버지는 어딘지 부자 같아 보이는 데가 있어서요."

토요일 밤은 친구들 불러서 같이 잘게요. 시게히코는 말했다. 리에 아줌마한테는 내가 말해두마, 리에 아줌마도 분명 깜짝 놀라겠지…….

이토에서 서쪽으로 한 시간 정도 달린 곳에 있는 그 호텔에는 유명한 골프 코스가 있다. 봄이 되면 큰 대회가 열리고, 여름부터 가을에 걸쳐 항상 만원 상태가 이어진다. 하지만 겨울에는 비교적 비어 있다.

야마자키 아사미는 옅은 색 베이지와 빨간색이 조화된 차림으로 아카사카의 호텔 로비에서 기다리고 있었다. 가는 차 안에서는 그다지 얘기하지 않았다. 평소와는 조금 다른 여행 차림을 하고, 두 사람 가방을 트렁크에 넣고, 선글라스를 끼고 고속도로를 달리니, 그것만으로 은밀하고 관능적인 분위기가 차 안에 떠돌았다. 욕망과 긴장이 두 사람을 고립시키는 듯한 느낌마저 든다. 야마자키 아사미는 휴대용 보온병에 커피를 담아 왔다. 아오야마는 호텔에 도착할 때까지 쓸데없는 잡담을 하면서 그 커피를 석 잔이나 마셨다. 경치도 거의 눈에 들어오지 않았다. 둘만의 시간이 됐을 때 중요한 얘기를 한다, 둘만의 시간이 평소보다 훨씬 길다, 둘이 밤을 보낸다, 그런 생생한 예감이 차 안을 메웠다.

체크인을 하면서, 그 녀석은 고등학생 주제에 여간 날카로운 말을 하는 게 아니구나, 하고 아오야마는 시게히코를 떠올렸다. 고등학생 주제에, 가 아니라 고등학생이어서, 라고 해야 할지도 모른다.

호텔은 눈 아래 이즈의 바다가 내려다보이는 절벽에 있었다. 좁고 구불구불한 길을 가니 오렌지색 지붕과 남프랑스풍 건물이 불쑥 그 모습을 드러냈다. 입구에 차를 세우고 들어가는 현관 도로와 잘 꾸민 화단, 도어맨과 객실 안내원의 접객 태도, 그리고 가죽 소파가 여유롭게 배치된 중후한 분위기의 로비. 야마자키 아사미는 "근사한 호텔이네요" 하고 중얼거렸다. 생각해보면 아오야마는 야마자키 아사미를 위해 첫 만남 때부터 바(bar)도 레스토랑도 자기가 아는 최상의 장소를 골랐다.

"……어쩌면 부자일 거라고 상상할 수도 있잖아요? 그런 건 의외로 큰일이 될 수 있지 않을까요?"

시게히코는 그렇게 말했다. 야마자키 아사미는 로비의 높은 천장과 구불구불한 철제 스페인풍 샹들리에를 올려다보며 숙박 카드에 이름을 쓰는 아오야마에게 기대듯이 서 있다. 야마자키 아사미라는 이름을 기록하면서 즐겁게 지내는 것과 가정을 갖는다는 것은 과연 모순된 것일까, 하고 아오야마는 생각했다.

주니어 스위트룸에는 작은 발코니가 있고, 골프 코스와 바다를 바라볼 수 있다.

"자, 저녁때까지 뭐 할까?"

아오야마는 소파에 깊숙이 앉았다. 여러 가지 것을 얘기해야 한다. 가장 마음에 걸리는 것은 시게히코다. 그러나 그런 것은 저녁 식사 때 천천히 얘기하면 될 것이다. 시간은 오후 3시를 지나고 있다. 앞으로 한 시간이면 해가 저문다. 무엇을 해도 너무 이르거나 너무 늦은 시간이군, 하고 아오야마는 생각했다. 야마자키 아사미는 아오야마 바로 옆에 앉았다. 빨간 가죽구두에 옅은 베이지색 바지와 빨간 스웨터, 그리고 베이지색 스카프를 목에 두르고 머리를 아무렇게나 묶고 있다. 두 사람 무릎이 아주 약간 닿았다. 야마자키 아사미는 선글라스를 꼈다가 벗었다가 하면서 때때로 아오야마의 얼굴을 물끄러미 바라봤다.

"차로 2, 30분 가면 아담한 미술관이 있어. 일본화가 많지만, 인상파 그림도 꽤 있지. 지금 출발하면 폐관 전에는 들어갈 수 있을 거야. 이 호텔 바로 뒤쪽에 있는 항구도 아주 괜찮아. 작은 항구인데 낡은 목조 어선이 몇 척 있고, 그 바로 옆에 정말 맛있는 커피가 나오는 찻집이 있어."

그런 말을 하는 동안에 야마자키 아사미가 먼저 선글라스를 테이블에 내려놓고 머리를 풀었다. 윤기 나는 머리칼이 느린 동작처럼 천천히 어깨에 내려왔을 때 어떤 향기가 아오야마에게 닿았다. 무슨 향기인지 알 수 없었다. 샴푸일지도 모르고 헤어

크림이나 향수일지도, 아니면 실제로 향기 같은 건 없었는지도 모른다. 뭔가가 흩어져서 아오야마에 닿았다가 점차 어두워지려고 하는 방 전체로 퍼졌다. 그것은 농밀하고 확실한 힘을 갖고 있어서 아오야마는 조금 한기가 들었다.

"찻집 마스터가 특이한 사람이야. 옛날에 권투선수였대. 소설이나 영화도 좋아해서 가게에는 책과 영화잡지가 많이 있어. 해질 녘 항구도 멋있지."

야마자키 아사미는 아오야마의 얘기를 전혀 듣고 있지 않았다. 스카프를 풀어서 조심스럽게 접어 소파 옆에 놓았다. 난방은 잘 되고 있다. 스웨터를 입고 있으나 땀이 배어날 정도이다. 야마자키 아사미가 스카프를 풀었을 때도 뭔가가 흩어져서 그 밀도가 더욱 짙어지는 것을 아오야마는 느꼈다. 아오야마는 어떻게 하면 좋을지 몰랐다. 이윽고 야마자키 아사미는 일어서서 문 앞으로 걸어가더니 방의 모든 스위치를 껐다. 바깥의 옅은 어둠이 일순간에 방 전체에 침입하여 충만했고 아까 야마자키 아사미가 늘어뜨린 머리카락에서 풍기는 냄새가 마치 와인이 달콤하게 발효할 때처럼 무겁고 짙게 바뀌어 갔다. 아오야마는 야마자키 아사미에게 지배되고 있음을 느꼈다.

저, 왜 불을 껐지? 하고 물을 수는 없었다. 아오야마는 숨이 막힘을 느끼면서 의미 없는 말을 계속해서 지껄였다.

"그렇지, 온천에 들어가는 것이 최고일 거야. 여기는 대욕탕이 있어. 골프의 라커룸 안이지만 말이야. 물론 골프를 하지 않는 사람도 들어갈 수 있어. 굉장히 넓은 욕탕인데 아마 사우나도 있을걸. 욕탕에 들어갔다 나와서 당구를 치는 것도 괜찮겠네. 탁구대도 있어. 바에서 천천히 칵테일을 마시는 것도 좋겠지."

창밖에서 들어온 희미한 빛이 소파 다리 부근을 비출 뿐, 이미 어두컴컴해진 방의 트윈베드 사이에서 야마자키 아사미가 옷을 벗고 있다. 팔과 목, 어깨와 등, 허벅지와 무릎이 서서히 드러났다. 잘 보이지 않는 얼굴은 웃고 있는 것 같기도 하고 화를 내는 것 같기도 하다. 팬티 한 장만 남은 야마자키 아사미가 침대 안에 들어가는 것을 보고 아오야마는 겨우 의미 없는 지껄임을 멈추었다.

"이리 오세요, 부탁이에요."

침대에서 야마자키 아사미가 불렀다. 달콤한 목소리가 아니라 진지하고 마치 도움을 요청하는 듯한 말투였다.

"아직 옷을 벗지 말고 이쪽으로 와주세요. 빨리."

아오야마는 제대로 호흡할 수 없었다. 목에 뭔가 달라붙은 듯한 답답함을 견디면서 침대로 다가갔다. 아오야마가 침대를 내려다보며 서 있자 야마자키 아사미는 몸에 걸치고 있던 시트를 직접 벗겼다.

"보세요."

그렇게 말하고 슬픈 표정으로 아오야마를 올려다봤다.

"이 화상 자국은 양아버지가 만든 흉터예요."

왼쪽 허벅지에 피부가 찌그러진 자국이 두 군데 있고, 야마자키 아사미는 그것을 가리켰다. 야마자키 아사미는 마지막 속옷까지 벗고 모든 것을 드러냈다. 아오야마는 숨을 들이 삼켰다. 확실히 화상 흉터는 있지만, 그 외에는 아무것도 찾을 수 없다. 그곳에 여자의 나체가 있다는 느낌이 들지 않았다. 얼굴과 목덜미가 있고 유방과 유두가 있고 배꼽과 허리와 음모가 있다. 본 적도 없는 특이한 장식물처럼 미묘한 능선을 가진 다리가 눈앞에 있지만, 화보에서 늘 보던 여자의 나체가 아니다. 추상성으로 싸여 있다.

"봤어요?"

아오야마는 로봇 같은 동작으로 끄덕였다.

"정말 제대로 전부 봤어요?"

아오야마는 응, 하고 다시 끄덕였다. 지금 당장 여기서 달아나고 싶다는 기분과 완벽한 형태로 희미하게 떨고 있는 유방을 만지고 싶다는 기분이 교차했다.

"그러면 옆으로 오세요. 아, 아직 옷은 벗지 말고요. 그렇게 옷을 입은 채 옆으로 오세요. 네, 그렇게."

아오야마는 시키는 대로 했다. 스웨터와 바지를 입은 채 구두도 벗지 않고 야마자키 옆에 누워 그의 머리를 들어 왼팔에 팔베개를 해주었다.

"잘 들어요."

야마자키 아사미는 아오야마를 꽉 껴안으며 다리를 포개면서 귓가에 속삭이듯 말했다.

"내 몸을, 전부 봤죠? 발도 봤어요?"

아오야마는 봤어, 하고 숨을 헐떡이며 대답했다. 유방이 스웨터를 통하여 아오야마의 심장에 닿았다. 아오야마의 격렬한 고동이 야마자키 아사미의 유방을 미묘하게 흔들고 있다.

"발가락 말이에요, 봤어요? 어땠어요?"

"발톱이 갈라져 있었어."

"발레를 해서 그렇게 됐어요."

"알아."

"나쁜이죠?"

"그럼."

"알겠어요? 나만 사랑해 주지 않으면 싫어요."

"알고 있어."

"다들 말은 그렇게 해요, 그러나 당신만은 다른 사람과는 다르죠? 나만, 나만이에요. 나만 사랑해 준다면 뭐든 해줄 거예요.

네, 알겠죠?"

야마자키 아사미는 나만이에요, 하고 중얼거리면서 아오야마의 옷을 벗기기 시작했다.

10

야마자키 아사미는 아오야마의 스웨터를 걷어 올린 뒤, 가는 손가락으로 셔츠 단추를 한 개씩 풀었다. 단추가 벗겨지는 것을 아오야마는 멍하니 바라보고 있다. 방은 점점 어두워져 가고 야마자키 아사미의 핑크로 물든 손톱에 겨울 석양이 희미하게 비쳤다. 아오야마는 어느 틈엔가 몸을 일으키고 있었다. 침대에 둘이 앉아 있는 꼴이지만, 아오야마는 자기 몸의 윤곽을 의식할 수가 없다. 눈앞에 야마자키 아사미의 고개 숙인 얼굴이 있다. 뭔가를 닮았지만 무엇을 닮았는지 생각나지 않는다. 뺨이 조금 불그스레해졌다. 아까 침대에서 느릿하게 몸을 일으킬 때, 모호했던 유방의 모양이 또렷하게 보였다. 허리의 가늘기도 유방의 크기와 모양도 너무 완전하여 현실감이 없었다. 낯선 나라 미지의 조각가 작품이 부드러움과 수분과 체온을 갖고 움직이고 있는 것 같다. 시간은 보통보다 몇 배의 빠르기로 흘러가는 것 같기도 하고, 멈춰버린 것 같기도 하다. 야마자키 아사미의 손가락은 셔츠 틈 사이로 아오야마의 가슴을 더듬었다. 눈이 보이지 않는 사람이 소중한 점자 편지를 더듬듯이 손가락 끝을 절실하고도 아름답게 떨면서 피부 표면을 기었다. 야마자키 아사미의 손가락 끝이 은색 메스가 되어 가슴을 절개하는 느낌도 들었고, 격통을 일으키는 암세포가 퍼져가는 폐의 표면을 부드럽게 치유해 가는 것 같기도 했다. 자기 몸과 외부와의 경계를 의식할 수 없었다. 아는 것은 야마자키 아사미의 손가락 끝이 피부에 닿아 있고, 닿은 그 부분에서 지금까지 상상도 하지 못한 강한 자극이 발생한다고 하는 것뿐이다. 야마자키 아사미의 손가락 끝은 얼음 같기도 하고 새빨갛게 달궈진 금속 같기도 했다. 아오야마는 어느새 트윈베드 사이에 서서 스웨터를 벗고 있다. 언제 자신이 내려섰고 언제 스웨터를 벗었는지 모른다. 셔츠 단추는 모두 벗겨져 있고 가슴과 배가 드러나 있다. 마치 수술을 받는 것 같다고 아오야마는 생각했다. 야마자키 아사미는 침대 끝에 다리를 모으고 앉아 있다. 초록색 벨벳 침대 커버가 방 전체를 덮고 있는 듯한, 그리고 그 안에서 야마자키 아사미의 알몸이 하얀 도자기 램프가 돼 있는 듯한, 그런 현기증을 동반하는 느낌에 뒤덮였다. 몸의 윤곽은 여전히 의식하지 못했고, 야마자키 아사미의 손가락이 차가운지 뜨거운지도 모르는 상태였다. 지퍼를 내렸을 때 야마자키 아사미의 얼굴이 갑자기 위를 향해 아오야마는 자신의 관자놀이가 파르르 떨리는 것을 느꼈다. 야마자키 아사미는 물끄러미 아오야마를 응시하면서 웃었다. 그리고 팔을 뻗쳐 분홍색 손톱을 아오야마의 가슴 한복판에 세게 갖다 대고 그대로 단번에 아래로 미끄러뜨렸다. 아오야마는 비명이 나올 것 같은 걸 필사적으로 참았다. 목에 가득 차 있던 울음소리나 앓는 소리나 깊은 한숨 같은 그런 부끄러운 소리까지 입으로 터져 나올 것 같았다. 어째서 나는 지금 당장 이 여자를 쓰러뜨리고 그 위에 올라타려고 하지 않는 것일까. 아오야마의 양팔은 한심하게 늘어진 채 야마자키 아사미의 손가락 끝이 주는 자극에 가끔 움직일 뿐이다. 아오야마는 생각했다. 이 여자는 어디서 이런 기술을 배운 것일까? 요즘 세상의 스물네 살 된 여자는 자연스럽게 이런 것을 할 줄 아는 걸까? 그렇지 않으면 몸과 얼굴이 너무 예뻐서 내가 멋대로 뭔가 대단한 일을 당하고 있다고 생각하는 것뿐일까? 바지와 팬티가 벗겨졌다. 야마자키 아사미의 얼굴이 변해갔다. 입술이 열리고 뾰족한 혀가 나타났다. 얼굴에 핑크 가시가 돋아난 듯이 보인다. 혀끝은 아오야마의 배꼽에서 허벅지로 움직이고, 이윽고 또 가슴 쪽으로 올라갔는데, 야마자키 아사미는 침대 커버에 무릎을 꿇는 형태로 얼굴을 가까이 가져왔다. 아오야마는 몸을 조금 구부려 그의 뾰족한 혀끝에 자기 입술을 갖다 댔다. 야마자키 아사미는 혀를 감으면서 아오야마의 왼손을 잡아 자기 가슴으로 가져갔다. 손이 유방에 닿았을 때, 아오야마는 눈을 감고 지금 손가락으로 확인하는 질감은 자기로 만든 조각상이 아니라 피가 통하는 사람이라고 생각했다. 여자다, 야마자키 아사미에게 들리지 않을 극히 작은 소리로 중얼거리며, 손을 그대로 음모 아래쪽에 갖다 댔다. 그것은 미끌미끌하고 뜨거웠다. 야마자키 아사미는 그때까지 들어본 적 없는 금속적인 소리를 냈다. 녹슨 톱니바퀴가 갑자기 회전을 시작하는 것처럼 딱딱하고 낮은 소리였다.

아오야마는 얕은 잠 속에서 정체불명 인물에게 고문당하는 꿈을 꾸었다. 달궈진 쇠를 눈에 갖다 대는 장면에서 눈을 떴으나 눈이 부셔서 얼른 다시 감았다. 뭐야, 지금의 것은, 하고 생각했다. 어떻게 된 거지, 하고 중얼거리려고 입술을 움직이려 했지만, 목의 점막이 달라붙어 말을 할 수가 없었다. 방의 불이 전부 켜져 있다. 눈을 감고 있어도 눈두덩을 통하여 그것을 알 수 있다. 눈두덩 안쪽 전체가 오렌지색으로 물들어 있어 아픔으로 시신경이 경련하고 있다. 눈을 뜰 수 없지만, 그것은 눈이 부시거나 눈이 아파서만은 아니었다. 몸 전체에 힘이 전혀 없고 머리가 관자놀이를 중심으로 지끈거렸다. 대체 무슨 일이 일어난 것일까? 여기는 어디지? 아오야마는 겨우 자신이 침대에 알몸으로 누워 있음을 깨달았다. 오른쪽 손은 허리 주위에 왼쪽 손은 배 위에 있다. 전신의 감각이 마비돼 있긴 하지만, 자신이 알몸인 것은 알았다. 여기는 어디지?

천장 등, 그리고 침대 옆 사이드 테이블 등이 언제나 익숙했던 것과는 다르다. 아직 나는 잠들어 있고 이것은 모두 꿈인지 모른다고 아오야마는 생각했다. 하지만 관자놀이의 마비와 눈 안쪽의 아픔이 꿈이 아니라고 호소하고 있고, 아오야마는 문득 여기가 여자를 데리고 온 호텔 방이라는 것을 공포와 함께 떠올렸다. 왼손으로 침대 위를 더듬었지만, 옆에는 아무도 없었다. 아픔을 견디며 눈을 떴다. 빛이 일제히 망막으로 뛰어 들어와 반사적으로 눈을 감아버리고 동시에 심장에도 아픔을 느꼈다. 엄청난 시간을 들여 살짝 눈을 뜨기도 했다. 먼저 눈과 눈두덩의 긴장을 풀었다. 조금씩 사물이 보이기 시작한다. 아픔 때문에 무의식중에 눈물이 나고, 속눈썹도 저편의 시야도 부옇게 보인다. 젖은 눈썹이 작게 떨리고 있다. 눈두덩을 천천히 들어 올리는 동안에 심장이 몹시 힘이 없음을 느꼈다. 고동이 불규칙하고 약하다. 어떤 사실이 확실해짐에 따라 그 약한 심장의 고동이 빨라졌다.

그 여자가 없다.

방은 마치 심야의 편의점처럼 밝고 고요가 감돌며 인기척이라고는 없다. 아오야마는 알몸이다. 오므라든 성기가 정액이 말라서 뻣뻣해진 음모와 얽혀 있다. 샤워 소리가 들리는 것도 아니다. 지쳐 잠들어 있어서 그냥 두고 혼자 조용히 바에라도 간 것일까, 아오야마는 그렇게 생각했지만 이내 그렇지 않다는 것을 알았다. 야마자키 아사미의 가방이 없었다. 어째서 야마자키 아사미는 자취를 감추었고, 또 나는 전신이 마취라도 당한 것처럼 축 처져 있는 것일까? 오른손에 뭔가 딱딱한 것이 잡혔다. 침대 모서리와 침대 커버 틈 사이에 빠져 있던 아오야마의 시계였다. 시간은 3시를 조금 지나 있고 날짜가 바뀌어 있다. 금속제 벨트에 여자 머리칼이 한 가닥 붙어 있다.

그 여자가 이 방에 있었던 건 틀림없다.

아오야마는 그 한 가닥의 머리칼을 소중히 손가락으로 감으며 그렇게 생각했다. 두 가지 계통의 기억이 되살아났다. 한 가지는 플래시백처럼 선명하고 아주 짧은 영상 한 토막이다. 땀을 흘리는 여자의 얼굴, 분홍색 혀, 땀에 젖어 이마와 뺨에 달라붙은 머리칼, 단단하고 뾰족한 유두, 그리고 부옇고 흐린 분비액을 계속 흘리면서 성기를 받아들이던 미끌미끌하고 빛나던 야마자키 아사미의 그곳. 플래시백에 맞추어 소리도 되살아난다. 헐떡임과 탄식. 속삭임과 비명. 또 하나의 기억은 조금씩 그것도 띄엄띄

엄 떠올랐다. 시게히코 얘기를 한 기억이 있다. 섹스를 시작하기 전이었는지 도중인지, 야마자키 아사미가 최초의 오르가슴을 맞이하기 전인지, 몇 번이고 아오야마의 몸에 감기며 비명을 지른 후인지는 확실하지 않지만, 아무튼 얘기했다. 그 여자의 반응은? 기억하지 못한다. 무슨 일이 일어난 것일까? 아오야마는 자기 성기를 만졌다. 정액과 분비액은 완전히 말라 있다. 그 여자는 손으로 나의 것을 만지고 뭔가 말하면서 혀를 사용했다. 그렇다, 오른손으로 성기를 잡고 왼손 손톱으로 가볍게 자극하기도 하고, 핥기도 하고 입에 물기도 했다. 그게 시게히코 얘기를 하기 전이었나, 하고 난 후였나? 아오야마는 몸을 옆으로 해서 초록색 침대 커버에 오른손을 짚고 상체를 일으키려 했다. 관자놀이와 심장에 통증이 일어 이내 그 동작을 포기했다. 침대에 엎드려 아픔을 견뎠다. 호흡이 흐트러지며 맥박이 거칠고 빨라졌다. 상체가 마치 돌이 된 듯이 무겁고 감각이 없다.

그 여자가 뭔가를 했다.

무슨 일이 일어났는지 모르겠다는 공포보다 야마자키 아사미가 없어졌다고 하는 공포와 슬픔과 놀람 쪽이 크다고 자각했을 때 벨벳으로 된 침대 커버에 남아 있는 희미한 향기를 발견했다. 야마자키 아사미의 머리카락에서 풍기던 것이다. 향수와 화장품과 땀과 분비물과 머리칼 그 자체의 냄새가 서로 섞여 초록색 광택 나는 천에 스며들어 오로지 그 향기만이 이 세계에 존재하는 모든 것인 듯, 거의 기능하고 있지 않은 아오야마의 감각을 지배했다. 야마자키 아사미와의 섹스가 플래시백으로 무작위로 되살아났다. 하지만 그 영상에는 촉감과 냄새가 없고 이제 어디를 찾아도 그가 없다는 상실감만이 깊어져 갔다. 플래시백이 깜박거리는 간격이 점차 짧아지고 영상은 야마자키 아사미의 얼굴과 성기 두 종류만 남았다. 아오야마의 성기가 깊이 들어갈 때마다 야마자키 아사미는 얼굴을 찡그렸지만, 아무리 미간에 주름이 생겨도, 눈을 부릅뜨고 힘없이 벌린 입으로 혀가 보여도 얼굴이 흉해지는 일이 없었다. 야마자키 아사미의 얼굴은 단정한 채였다. 아오야마는 처음으로 깨달은 것이지만, 섹스가 한창일 때 어떤 체위를 취한다고 해도 상대방의 얼굴과 성기를 동시에 시야에 담을 수는 없다. 섹스하는 동안, 아오야마는 바쁘게 시선을 바꾸며 야마자키 아사미의 얼굴과 성기를 번갈아 가며 보았다. 그 기억이 잔인할 정도로 리얼한 영상이 돼 아오야마의 머릿속에서 점멸한다. 성기는 이보다 징그러운 형상은 세상에 존재하지 않는다는 듯이 그 표면을 덮은 분비물이 끊임없이 흘러나와서 엉덩이 갈라진 곳을 타고 벨벳 침대 커버로 흘러내렸다. 때때로 아오야마는 헐떡이는 야마자키 아사미를 애태우기 위해 오르가슴을 호소할 때 일부러 자신의 것을 빼기도 했다. 그럴 때

야마자키 아사미는 거의 울음에 가까운 소리를 냈다. 뺀 후의 그곳은 짙은 핑크색 내부를 드러내며 작은 구멍이 뚫린 채로 있었고, 안에서 뿌옇고 탁한 분비물이 열등한 생물체처럼 흘러나왔다. 그럴 때도 야마자키 아사미의 얼굴은 결코 능멸할 수 없는 아름다움을 유지하고 있었고, 발정한 성기와의 불균형은 아오야마를 점점 흥분시켰다. 아오야마는 얼마만큼의 시간 동안 그런 섹스를 계속했는지 기억하지 못했다. 영원히 끝나지 않겠지, 하고 생각할 정도로 길게 이어졌다. 아픔을 느낄수록, 주변의 얇은 피부가 찢어질수록 아오야마는 발기한 채로 있다. 새하얀 허벅지에 둘러싸인 짙은 핑크색 균열은 그곳이 여자의 내장 입구라는 것을 나타내고 있고, 아오야마는 한없이 에로틱하게 잔혹한 기쁨을 맛보았다. 감각이 마비된 머릿속에 성기 영상과 얼굴 영상이 짧은 간격으로 자꾸만 끼어들었다. 그 흥분과 쾌락에서 무한하게 멀리 격리되고 있다는 생각이 아오야마를 아프게 했다. 아오야마는 실제로 한기가 들어 온몸에 소름이 돋고, 가슴 언저리에서 오열을 재촉하는 것이 구토물 같은 응어리가 돼 목구멍에 치밀어 올라왔다. 울어버리면 뭔가가 끝날 것 같은 예감이 들어 필사적으로 입술을 깨물고 참고 있을 때, 돌연 전화벨이 울렸다. 아오야마는 반사적으로 얼굴을 들고 기어서 수화기 있는 곳으로 다가갔다.

“아오야마 씨입니까?”

아오야마는 남자의 목소리를 듣자 털썩, 힘이 빠졌다.

“여보세요, 아오야마 씨입니까?”

아오야마는 전화를 걸어온 것은 야마자키 아사미가 틀림없다고 생각했다. 언제나처럼 그 목소리가 수화기에서 들려오기를 기대했다. 여보세요, 저예요, 아, 있었군요, 만약 없으면 어떡하나 하고 겁이 나서…….

“여보세요, 아오야마 씨이십니까? 여긴 프런트입니다만.”

예, 하고 아오야마는 겨우 소리를 내어 대답했다. 목이 달라붙어서 희한한 소리가 났다. 누더기를 입과 목 가득히 막아놓은 채 지껄이고 있는 것 같다고 생각했다.

“예, 아오야마입니다만.”

“죄송합니다. 주무시는 중이셨습니까? 실은 몇 번 전화를 드렸습니다만, 받지 않으셔서 확인 전화를 드렸습니다. 부인께서 먼저 돌아가셨기 때문에 저희로서는 아오야마 씨의 투숙 여부를 확인할 필요가 있어서 실례인 줄 알면서 늦은 시간에 전화드렸습니다. 정말 죄송합니다.”

“몇 시쯤이죠?”

“새벽 3시 반 조금 지났습니다.”

“아니, 아내가 돌아간 시간 말입니다.”

"예?"

"제가 몸이 안 좋아서 감기약을 먹고 잠이 들어서 묻는 말입니다."

"혼자 저녁 식사를 하시고 택시를 불러드린 것은 오후 8시경으로 기억합니다. 도쿄에 급한 용무가 생겼다고 하셨습니다."

아오야마는 불규칙한 심장 고동과 끓어오르는 구토를 견디며 말했다.

"아, 예. 아내에게 급한 용무가 생겨서요."

"혹시 호텔 의사가 필요하시다면 저희가 불러드리겠습니다."

"아니, 괜찮습니다."

"체크아웃은 예정대로 내일 하실 겁니까?"

"아마 푹 자고 나면 좋아질 겁니다."

"정말 실례했습니다. 안녕히 주무십시오."

통화를 끝냈을 때, 아오야마는 이마와 겨드랑이 아래로 식은 땀이 흘러서 몹시 불쾌했다. 땀은 이마와 관자놀이에서 뺨으로 흘러, 턱 끝에서 침대 커버와 바닥으로 떨어졌지만, 그것이 자신에게서 나온 것이라는 느낌이 들지 않았다. 땀을 흘리고 있다는 실감은 없고, 단지 어디선가 물이 흘러 뺨에 닿는 것 같았다. 관자놀이의 땀을 닦고 맥박을 확인해 봤다. 맥은 몹시 불규칙하고 느렸다. 위에서 뭔가 시큼한 것이 목으로 역류해서, 그것을 진정시키자 숨이 꽉 막혔다. 수면제다, 하고 생각했다. 꽤 많은 양의 수면제를 먹고 잠에 빠져 신경이 거꾸로 섰기 때문에 잠이 깬 것이다. 토해버릴까, 생각했지만 의미가 없을 거란 생각이 들었다. 시간이 흘러 이미 소화돼 혈관 구석구석까지 옮겨진 후일지도 몰랐다.

그 여자가 수면제를 먹인 것이다.

야마자키 아사미는 섹스 도중에 몇 번 화장실에 갔다. 오랜 시간 클리토리스를 계속 자극하면 여자는 화장실에 가고 싶어지므로 별로 부자연스러운 것은 아니라고 생각했다. 냉장고에 들어 있는 맥주와 위스키와 콜라를 몇 번이나 마셨다. 야마자키 아사미가 입으로 옮겨준 것도 있다. 야마자키 아사미는 입에 액체를 담은 채 걸터앉아 허리를 움직이면서 입으로 위스키며 맥주를 먹여주었다. 수면제가 아니라 황산이 들어 있다고 해도 나는 의식하지 못하고, 그 여자의 하얗고 동그랗고 완벽한 엉덩이를 계속 주무르고 있었을 것이다. 아오야마는 그렇게 생각했다.

사이드 테이블에 놓여 있는 전화기 옆에 메모지가 있고, 제일 윗장에 뭔가 쓰여 있는 것이 눈에 띄었다.

거짓말은 용서하지 않는다.

이름을 잃어버린 여자로부터.

휘갈겨 쓴 여자 글씨였다. 거짓말? 아오야마는 조금 안도했다. 야마자키 아사미에게 얘기한 뭔가를 그가 오해했다는 생각이 들었다. 아오야마는 바로 야마자키 아사미에게 전화를 했다. 받지 않았다. 열 번 정도 다시 건 후에 아오야마는 포기했지만, 기분은 상당히 좋아졌다.

순수하고 고집이 센 아이니까 뭔가 심하게 착각해서 화를 내고 돌아가 버린 게 틀림없다. 돌아가겠다는 말을 꺼냈다가 말다툼하게 될까 봐 자기를 위해 갖고 온 수면제를 내게 먹였을 거야, 수면제를 준비한 것은 나와 처음 하는 여행에서 긴장하거나 흥분하여 잠이 들지 못하면 난감할 거라고 생각한 거겠지, 아오야마는 멋대로 생각했다. 내일 오후에라도 전화하면 모든 것이 해결된다. 아마 그는 사과할 것이다. 체크아웃 직전까지 시계를 맞춰놓고 오늘 밤은 푹 자면 된다…….

침대 옆 사이드 테이블에 손을 뻗쳐 실내 등을 끄고 침대 커버 아래 알몸인 채로 파고들었다. 어두워지자 어딘가 강한 힘으로 끌려들어 가듯이 잠의 물결이 밀려왔다. 잠에 떨어지기 직전에 요컨대 무의식과 의식의 경계에서 아오야마는 기묘한 영상을 봤다. 몹시 누추하고 좁은 다다미방에서 초로의 남자가 속옷 차림으로 불이 들어오지 않는 고타츠 앞에 앉아 싼 술을 마시고 있다. 싸구려 위스키 큰 병을 무릎 위에 놓고 더럽고 탁해진 잔에 따라 담배를 피우면서 천천히 마신다. 남자는 양쪽 다리의 발목부터 아래가 없다. 무릎까지 오는 속옷 끝에서 다리는 햄 덩어리 끝처럼 둥글게 절단돼 있다. 남자는 뭐라고 큰 소리로 외친다. 다세대주택의 한 집인 그곳의 작은 창으로는 옆 건물 벽밖에 보이지 않는다. 형광등에 벌레가 모여들어 있고 그 가운데 한 마리가 위스키 잔에 빠진다. 그때마다 남자는 뭔가 뜻 모를 소리를 지른다. 발목 아래가 없어서 남자는 일어나 벌레를 쫓을 수가 없다. 남자가 있는 방 옆에는 찢어진 문으로 칸막이를 한 창이 없는 더 작은 방이 있고, 그곳에서는 한 소녀가 맨발로 발레 슈즈를 신으려는 참이다. 가죽 표피가 여기저기 벗겨지고 꿰맨 자국이 있는 낡은 발레 슈즈, 원래는 핑크색이었지만 지금은 그을린 살색으로 변했다. 여자아이는 그 신을 신고 천천히 일어선다. 문을 조금 열어두지 않으면 더워서 견딜 수가 없다. 이미 여자아이의 얼굴에는 땀이 배어 있다. 문을 열자 술과 담배 냄새가 난다. 그 남자의 냄새다. 그 외에도 뭔가 야채가 썩어가는 것 같은 냄새도 난다. 초로의 남자의 표정이 미묘하게 변한다. 그때까지는 화가 나서 미칠 것 같은 눈초리였는데 온 얼굴에 수치의 징조가 생겨난다. 남자는 죄인 같은 표정이 되어, 손에서 잔을 놓고 침착함을 잃은 채 방 여기저기로 시선을 돌린다. 이윽고 문틈으로 옆방을 들여다보려고 한다. 어두운 틈 사이로 여자아이의 그림자가 가로지른다. 작고 가는 손, 아직 부풀지 않은 가슴과 자신을 보고 있는 것을 알고 있지만, 절대 몸을 드러내려고 하지 않는다. 문틈을 가로지르든지 문틈으로 손발을 조금 내보일 뿐이다. 초로의 남자는 햄 덩어리 끝 같은 자기 다리 끝을 물끄러미 보다, 오른손을 속옷 안에 집어넣는다. 여자아이는 발레 교실에서 배운 대로의 표정, 더욱 아름답게 보이는 각도로 얼굴을 기울이고 다다미 위에서도 할 수 있는 스텝을 연습하지만, 그 남자가 오른손으로 무엇을 하는지는 알고 있다. 여자아이는 그 남자에게서 몇백 번이고 네년 얼굴 따위 보기 싫다고 야단맞았고, 그 남자에게서 몇백 번이고 저 방에 가 있으라고 얻어맞았다. 하지만 몇 개월 전부터 남자는 이 시간이면 태도와 표정을 바꾸었다. 여자아이에게 뭐라고 얘기를 거는 것은 아니었지만, 취해서 발레 연습을 훔쳐보고 있으면 태도와 표정이 바뀌어 마치 울음을 터트릴 것 같은 얼굴이다. 여자아이는 초로의 남자가 오른손으로 잡은 것을 몇 번이나 본 적 있다. 초로의 남자가 마치 보이지 않는 뭔가에 용서를 구하는 듯한 얼굴로 오른손을 움직이고 있음을 느꼈을 때, 여자아이의 몸속에서 뭔가가 빠져나가고 대신에 뭔가가 들어왔다. 그 뭔가를 여자아이는 절대로 잊은 적이 없다. 여자아이는 어두운 방에서 남자가 오른손을 움직이기를 그만둘 때까지 발레 연습을 계속한다…….

"미치겠어. 전화도 연결되지 않고, 생각해보니 난 야마자키 아사미의 주소도 모르고 있었어."

상담할 수 있는 상대는 요시카와밖에 없다. 아오야마는 일을 계속하며 시게히코와도 시간을 가졌다. 이즈에서 돌아와 2주일이 지났다. 공중전화로 요시카와에게 전화했다.

"전화를 안 받아?"

"아니, 그게 아니고 이 전화는 사용하지 않는다는 안내가 나와. 이즈에서 돌아와서 금방은 신호 가는 소리가 들렸는데, 이틀인가 지나서부터는 아예 연결조차 되지 않는 거야."

"이즈에서 무슨 일이 있었던 거 아냐?"

"아까 얘기한 대로야."

"아무리 그래도 그런 일로 갑자기 없어지거나 하지는 않을걸."

"사소한 오해가 있다고 생각해. 빨리 그걸 풀고 싶어. 그런데 연락할 도리가 없는 거야."

요시카와는 전화 저편에서 한동안 침묵했다. 그리고 조용히 말했다.

"그 여자는 이제 포기하는 게 좋겠어."

아오야마는 그대로 수화기를 전화부스 유리에 내동댕이치고 싶어졌다. 요시카와를 향한 분노와 실망으로 몸이 떨렸다. 그러잖아도 야마자키 아사미가 모습을 감춘 이후 식사도 제대로 하지 못하고 신경이 약해져 있다. 요시카와 같은 놈에게 의논하는 게 아니었어, 하고 후회했다.

"지금 너한테 무슨 말을 해도 소용없겠지. 내게도 책임이 있지만, 나는 그 여자에 관해서는 잊어야 한다고 생각해."

"그런 게 아냐, 야마자키가 오해하는 거야. 어떻게 하면 그녀를 찾을 수 있을지 그걸 너한테 묻는 거야. 나카메지로에 산다고 했는데, 너는 주소를 알고 있지?"

"말했잖아. 그 여자가 이력서에 쓴 것은 스기나미의 주소였고 그곳에는 전혀 관계없는 사람이 살고 있다고. 나카메지로 같은 건 난 몰라. 그보다 이력서는 이미 전부 처분하고 없다고. 어이, 듣고 있나?"

또 전화할게, 그렇게 말하고 아오야마는 전화를 끊었다.

11

야마자키 아사미와 연락을 취하지 못한 채 새해가 밝았다. 아오야마는 어떻게든 일을 계속했고 시게히코 앞에서는 언제나처럼 의연하려고 노력했지만 초조함을 감출 수는 없었다.

이즈에서 돌아온 후 2개월 동안 아오야마는 6킬로그램이나 빠졌다. 밥이 목에 넘어가지 않을 정도로 심각한 사태는 아내와 사별했을 때도 없던 일이다. 아내의 죽음을 아파하지 않았다는 것이 아니라 젊어서 암을 앓은 아내는 말하자면 서서히 죽어갔다. 눈에 보이게 약해져 가는 요시코를 대하는 동안 서서히 죽음을 받아들였다. 약해져 가면서 또 괴로워하면서 죽어가는 사람은 남는 자가 준비할 수 있도록 아픔과 공포와 싸우는 것이 아닌가 하고 요시코에게 감동하고 감사한 기억이 있다.

야마자키 아사미는 갑자기 없어졌다. 아무런 예고도, 전조도 없이 함께 머물렀던 방에서 갑자기 사라지고, 그 후 연락도 일절 끊었다. 결정적인 파국이 찾아온 것이 아니라 그가 단지 뭔가 오해를 한 것이다. 아오야마는 지금도 그렇게 생각했다. 그 생각이 회복을 늦추게 하는 원인 중 하나였다. 아오야마는 지난 2개월간 몇 번이나 나카메지로에 갔다. 두 번째 데이트에서 야마자키 아사미가 택시를 내린 근처에 가서 정처 없이 주변을 걸어 다녔다. 그런 짓을 해서 야마자키 아사미를 발견할 수 있을 거라 생각한 것은 아니었다. 얼마나 미련스러운 짓인지 자신도 잘 알고 있다. 하지만 아오야마는 달리 무엇을 해야 좋을지 몰랐다. 야마자키 아사미와의 연결은 나카메지로라고 하는 고유명사밖에 없었다.

이 번호는 현재 사용되고 있지 않습니다, 라는 자동 안내가 나온 이후로도 몇백 번이나 전화를 걸었는지 모른다. 전화부스 옆을 지날 때마다 전화를 걸었다. 해가 바뀌자 자동 안내마저도 없어졌지만, 그래도 아오야마는 계속해서 전화를 걸었다.

거짓말은 용서하지 않는다.

야마자키 아사미가 남긴 메시지의 의미를 모르는 채, 그와의 추억은 이즈의 호텔에서 섹스를 포함하여 감미로운 것뿐이었다. 첫 만남에서부터 수차례에 걸친 데이트의 세세한 부분까지도 아오야마는 기억하고 있다. 감미로운 기억이 얼마만큼 잔혹한 상실감으로 이어지는지 아오야마는 깨닫게 됐다.

요시카와에게는 수십 번이나 전화했고 실제로 만나 식사를 하거나 바에서 술을 마시기도 했다. 다카마쓰를 비롯하여 회사 부하들에게도 뻔뻔스럽게 사정을 얘기했다. 하지만 그건 상담이 아니라 언제나 아오야마의 일방적인 고백과 한탄으로 시작해서 끝났기 때문에 결국 요시카와조차도 제대로 어울려 주지 않게 됐다. 그래, 이상하다고 생각하지? 나는 별로 아무 짓도 하지 않았고 그때까지는 전혀 문제없이 잘 진행됐어. 그 사람은 조금 색다른 트라우마를 갖고 있었지만, 그것 역시 발레를 하며 극복해 온 강한 여자였어. 뭔가 심한 오해가 생긴 거야. 나는 그것을 풀어야만 해. 이대로 끝내다니 이런 말도 안 되는 얘긴 없어…….

시게히코만은 달랐다. 열여섯 살 난 소년의 어디에 이런 이해력이 있을까, 하고 아오야마가 감탄할 정도로 의연하게 초조해하는 아버지를 대했다. 도우미인 리에가 병이 아닌가, 하고 걱정하며 끈질기게 몸 상태에 관해 물을 때도 시게히코는 괜찮아요, 누구나 밥을 먹지 못할 때가 있잖아요, 하고 아오야마를 감쌌다. 그리고 시게히코는 야마자키 아사미에 관해 일절 묻지 않았다. 아오야마도 시게히코에게는 아무 말도 하지 않았다. 이 녀석은 상실감이 어떤 것인지 어머니의 죽음으로 학습한 거야, 하고 아오야마는 생각했다. 누군가에게 고백하거나 한탄을 하는 것이 일시적인 기분 전환조차 되지 않으며, 결국은 그때까지와 다름없는 일상을 살아가면서 상실감에 익숙해질 때까지 괴로운 시간을 받아들일 수밖에 없다는 것을 시게히코는 알고 있다.

고작 열여섯 살이면서 얼마나 기특한 녀석인가, 아오야마는 그렇게 생각하며 혼자 거실 소파에 앉아 있었다.

벌써 2월이 되려고 하는 일요일 오후, 시게히코는 학교 친구들과 아침 일찍부터 스키를 타러 갔다.

"돌아오는 길은 차가 막혀서 늦을 테니까 먼저 주무세요."

시게히코는 아오야마가 눈에 띄게 수척해진 후에도 예전과 다름없이 친구들과 잘 놀러 다녔다. 정신적으로 몹시 약해진 상태를 특별 취급하는 건 좋지 않다는 걸 알고 있다.

아오야마는 집 근처 슈퍼에 가서 두부와 요구르트와 꿀, 그리고 연어알 간장조림과 조리된 롤캐비지 등을 사 왔다. 식욕은 전혀 없고, 입도 목도 모든 음식물을 누더기처럼 느꼈지만, 시게히코를 위해서 회복하겠다는 의지만이라도 확실히 가져야 한다고 생각했다. 그러기 위해서는 의욕적으로 일을 하고 식사를 제대로 챙겨야 한다. 언제까지고 시게히코에게 약함을 보일 수는 없다.

거실 소파에 앉아 요구르트에 꿀을 타서 먹었다. 요구르트 같은 부드러운 음식조차 식도를 통과할 때 고통스러웠다. 마치 외상(外傷)과도 같았다. 신경이 식사를 거부하는 것이 아니다. 신경은 야마자키 아사미의 기억을 더듬어 그와의 자극적인 데이트며 섹스의 재현만 바라고 있어 식사하라는 신호를 보낼 여유가 없다. 겨우 한 번이었어. 부탁이니 제발 살려줘, 하고 중얼거리고 싶을 만큼 야마자키 아사미의 벗은 가슴, 성기, 허리, 손가락 끝, 그리고 얼굴이 끊임없이 머릿속에 떠올랐다. 잡지 화보에 톱모델 누드가 실려 있는 것을 보면 아오야마의 전 신경이 그 여자는 이렇지 않았다고 호소한다. 마약과 같다. 비유법으로 마약과 비슷한 것이 아니라 흥분계와 진정계 양쪽에 마약 성분과 똑같은 것을 야마자키 아사미는 아오야마에게 제공한 것이다. 그것을 대신할 것은 없음을 아오야마 자신보다 아오야마의 온 신경이 알아버렸다. 신경은 정직하고 생리적이다. 설득 따위 듣지 않는다. 밖에서 갱이 짖고 있다. 갱은 원래 사냥개 출신인 비글이어서 잘 짖는다. 순찰차나 구급차 사이렌 소리에 짖기도 하고 참새나 까마귀에게는 물론 땅을 기어가는 벌레에도 짖는 일이 있다. 갱과 산책이라도 하는 게 어때요, 하는 시게히코의 말대로 몇 번 산책하러 갔지만, 침착성이 없다고 할까, 어떤 냄새에 흥미를 느끼면 산책은커녕 끈질기게 추적을 시작한다. 그러면 아오야마도 따라서 종종걸음을 치게 돼 기분 전환이 되지 않는다.

요구르트를 먹은 후 아오야마는 음악을 듣고 있다. 신경이 미쳐 있을 때 텔레비전이 얼마나 사람을 초조하게 하는지 몸소 절감했다. 텔레비전은 당신이 비참한 기분으로 있을 때도 세상은 제대로 기능하고 있습니다, 하고 고함친다. 아오야마는 누가 권해서가 아니라 클래식을 자주 듣게 됐다. 무거운 단조의 심포니에서 경쾌한 피아노곡까지, 바흐에서 드뷔시까지, 클래식은 시간이 지나가는 것을 도와주었다. 모차르트의 피아노 협주곡을 한 곡 들으면 약 삼십 분이 지난다. 20번에서 27번까지 들으면 네 시간이 지난다. 야마자키 아사미의 참기 힘들 만큼 자극적이고 감미로운 이미지는 물론 바렌보임이 치는 피아노 사이에도 지워지지 않고 아오야마를 괴롭힌다. 모차르트가 그 괴로움을 중화시키는 일도 없다. 하지만 멜로디도 편곡도 아름다워서 신경이 더 이상 초조해지는 일 없이 그저 시계 초침이 돌기를 바라보고만 있다 보면 밤이 찾아와 코냑이나 위스키에 손을 뻗칠 수 있다.

아오야마는 낮 동안에는 알코올을 금했다. 야마자키 아사미가 사라지고 2주일이 지났을 무렵, 상실감을 치료하는 데 술은 적당하지 않다는 것을 깨달았다. 심한 상실감은 외상과 같아서 체력이 떨어지면 초조와 자기혐오가 더해진다. 숙취한 오전 중에 아오야마는 자신이 인생의 완전한 패배자라고 하는 압도적인 자기혐오를 몇 번이나 맛봤다.

그래서 지금 일요일 오후 2시에 요구르트와 함께 아오야마가 마시고 있는 것은 포트넘앤메이슨의 애플 티다. 음악은 베르디의 서곡집. '운명의 힘'이 카라얀의 지휘 아래 흐르고 있다. 앞으로 40여 분이면 베르디가 끝나고, 다음은 바그너를 들을 생각이다. 그다음은 모차르트의 후기 사중주곡집과 바이올린 소나타집을 듣는다. 그러면 밤이 된다. 목욕하고 맥주를 마시면서 두부탕과 롤캐비지를 먹는다. 밤이 되어 듣는 곡은 브람스의 '헝가리 무곡'과 R. 슈트라우스의 '변용', 그리고 잠들기 두 시간 전부터 코냑을 마시는 것을 허락하고, 쇼팽의 '야상곡'을 듣는다. 아슈케나지, 루빈스타인, 폴리니, 호로비츠. '야상곡'은 여러 명이 연주해 몇 장이나 갖고 있다. 자, 하루가 끝났네, 슬슬 잠자리에 들지 않겠나, 하고 피아노 소리가 그렇게 말하는 듯한 느낌이 들어 자기 전에는 반드시 '야상곡'을 듣곤 했다.

오늘 밤에는 아직 한 번도 들어본 적 없는 미켈란젤리의 '야상곡'을 듣자고 생각했을 때, 아오야마는 약간 위화감을 느꼈다. 절대 잊은 적이 없는 냄새가 희미하게 떠도는 듯한, 여느 때라면 못 느꼈을 짧은 이명이 들린 듯한, 시야 끝으로 순간 누군가가 가로질러 간 듯한, 혹은 그것들이 전부 한꺼번에 일어난 듯한 느낌에 아오야마는 소파에서 몸을 일으켜 거실 전체를 둘러봤다. 리에 씨? 하고 소리 질렀다. 오늘은 쉬겠다고 한 리에지만 저녁 식사를 봐주러 온 것인지도 모른다. 아오야마의 건강을 정말로 걱정하고 있어서 그럴 가능성이 있다.

"리에 씨?"

아오야마는 한 번 더 소리를 질렀다. 대답이 없다. 코를 킁킁거리면서 주방 쪽을 돌아봤다. 뭔가가 타고 있는지도 모른다. 롤캐비지를 넣은 냄비를 데우려고 아까 화장실에 갈 때 불을 켜놓은 것이 아닐까? 주의력이 산만해서 가스에 불을 붙인 채 잊어버렸을 수도 있다. 목을 길게 빼니 주방 가스대가 보인다. 롤캐비지 냄비는 가스대에 올려져 있지 않다. 물론 불도 켜져 있지 않다. 무슨 일이 일어난 걸까. 아오야마는 리모컨으로 볼륨을 낮췄다. 곡은 어느새 '시칠리아섬의 저녁기도'로 바뀌어 있다. 확실한 변화를 하나 발견했다. 갱이 짖고 있지 않고 아무 소리도 나지 않는다. 갱은 자고 있을 때 이외에는 대부분 짖고 있고, 짖지 않을 때라도 이리저리 움직이며 무슨 소리든 낸다. 목에 맨 사슬이 개집 기둥을 스치는 소리, 꼬리를 흔드는 소리, 뒷발로 몸을 긁는 소리, 그리고 돌아다니는 발걸음 소리, 그런 소리가 전혀 들리지 않는다.

갱! 하고 부르다 성대가 이상함을 느꼈다. 성대를 떨리게 하려고 했지만 잘되지 않았다. 소리가 나오지 않는다. 성대 탓이 아니라 호흡이 이상해진 것을 알고 갑자기 심한 불안을 느꼈다. 침착해라, 자신에게 타이르며 애플 티를 마셨다. 한 모금 마셔보니 이상했다. 설탕을 두 스푼이나 넣었는데 전혀 단맛이 나지 않는다. 혀에 이상이 있는 걸까, 아니면 누군가가 다른 것으로 바꿔치기한 걸까. 시게히코가 일찍 돌아와서 장난을 친 걸까. 스키장에 폭설이 내려 우에노에서 계획을 취소하고 슬쩍 돌아와 집 안에 숨어들어 장난을 치고 있는지도 모른다. 순간, 시야가 어두워지고 묘한 소리가 들렸다. 정말로 소름 끼치는 듯한 기묘한 소리. 이 집 어딘가에, 살고 있는 사람도 모르는 비밀의 낡은 문이 있어서 그것이 갑자기 열렸다가 닫힐 때와 같은 소리. 다시 시야가 어두워진다. 전압이 내려가는 듯한 느낌이다. 거실 구석, 장식장과 커튼을 묶어놓은 어두운 구석에서 또렷한 소리가 들려오고 아오야마는 놀람과 공포에 정신을 잃을 것 같았다.

"당신은, 이제 움직일 수 없어."

커튼 뒤 그림자가 천천히 움직이고, 야마자키 아사미가 모습을 드러냈을 때, 아오야마는 환각을 보는 줄 알았다. 오랜만이야, 하고 말하려 했지만, 입속이 마비돼 소리가 나오지 않았다. 전신의 감각이 마비돼 있다.

"잠깐 주무세요, 곧 깨워줄 테니까."

야마자키 아사미는 다가와서 아오야마의 양쪽 볼을 왼손 엄지 손가락과 집게손가락으로 세게 눌렀다. 야마자키 아사미는 양쪽 손에 외과 의사가 사용하는 고무장갑을 끼고 있다. 아오야마의 입이 벌려지고 한동안 그대로 멈추어 있자 거품이 생기며 입가로 흘렀다. 손가락으로 무리하게 볼살을 잡고 있지만 아픔은 느껴지지 않았다. 아오야마의 전신에서 힘이 빠졌다. 야마자키 아사미가 손가락을 떼면 소파에 쓰러질 것이다. 야마자키 아사미는 오른손에 든 아주 가느다란 플라스틱제 주사기를 아오야마의 얼굴 앞에 내밀었다.

"몸은 죽이고 신경만 깨워둘 테니까, 아픔이라든가 괴로움이 몇십 배가 될 거야. 그러니까 조금 자 둬."

야마자키 아사미는 플라스틱제 주사기 바늘로 아오야마의 혀끝을 찔렀다.

주사기에 들어 있는 액체가 체내 구석구석으로 퍼질 때의 극히 짧은 순간, 아오야마는 잠에 빠지고 이내 아픔에 눈을 떴다. 특히 견딜 수 없는 것은 안구 안쪽의 아픔이었다. 눈 안쪽을 가는 침으로 찔러서 그 뾰족한 끝이 눈 표면으로 나와 눈두덩이에 걸려서 억지로 눈을 뜨고 있는 듯한 느낌. 눈물이 멈추지 않는다. 눈물에서도 뭔가 약 냄새 같은 것이 나지만, 무슨 약 냄새인지는 물론 모른다. 아오야마는 양다리를 테이블에 던진 꼴로 소파에 기대어 있다. 몸은 움직이지 않았다. 손가락 한 개 움직이지 못하는데 일부 지각은 이상하게 또렷했다. 입은 희미하게 움직였다. 혀의 감각과 취각도 돌아와 있다. 계속 흐르는 눈물 때문에 시야는 흐렸지만, 사물은 잘 보인다. 마치 와이드렌즈를 통하여 세상을 보듯이 시야가 확대된 듯한 기분조차 든다. 눈을 깜빡거릴 때마다 눈 안쪽 가득히 거대한 고목 같은 잔상이 보인다. 망막에 있는 모세혈관이라고 아오야마는 생각했다. 소리도 증폭돼서 들려왔다. 야마자키 아사미의 목소리는 마치 교회 대성당에서 울리는 종소리처럼 들렸다. 눈을 깜빡일 때마다 찰칵하는 카메라 셔터 소리 비슷한 게 난다. 야마자키 아사미가 자신을 죽일 생각이란 걸 알고 처음 느낀 것은 이상하게도 공포가 아니라 퍼즐이 겨우 풀렸을 때와 비슷한 묘한 납득이었다. 야마자키 아사미는 뭔가를 오해한 것이 아니다. 시게히코의 존재를 용서할 수 없었다. 야마자키 아사미는, 너는 내 앞에 얼굴을 내밀지 마, 하고 양아버지에게 두들겨 맞으면서 자란 트라우마를 극복하고 있지 못했다. 트라우마를 안고 트라우마와 함께 살고 있었다. 자신을 배반하거나 자신에게 거짓말을 한 남자는 모두 양아버지와 마찬가지이기 때문에 양아버지처럼 양다리를 절단한다. 그것이 그의 논리였다. 야마자키 아사미는 생활을 위해 아르바이트를 하는 이외에 시간을 모두 그것을 위한 준비에 사용했다. 어떤 남자와 친해진다. 그러면 그 남자가 언제 양아버지와 같은 존재로 변화해도 대처할 수 있도록 그 남자의 양 발목을 절단할 준비를 한다. 10대 시절에는 상상에 그쳤을 뿐이었다. 좋은 도구를 찾지 못해 실행하지 못했다. 그러던 중 텔레비전 요리 프로그램에서 어떤 요리 도구를 보았다. 양 끝에 손가락을 끼우도록 링이 달린 줄톱. 요리사는 돼지다리 살을 너무나도 간단히 절단했다. 뼈가 붙은 고기를 자르는 데 이것보다 좋은 도구는 없답니다. 물론 연어나 참치를 동그랗게 도려낼 때는 더욱 간단하죠, 라고 했다. 약에 관해서도 조사하여 수중에 넣는 방법을 알아냈다. 클로르프로마진, 벤조다이아제핀, 메프로바메이트, 다이아제팜, 메다제팜, 클로르다이아제폭사이드, 아산화질소, 트리메톡시암페타민, 무스시몰, 실로시빈, LSD.

아오야마의 집은 지금까지 몇 번이나 사전 탐색을 했고 들어오기도 했다고 야마자키 아사미는 말했다. 도우미가 없는 오늘을 택하여 시게히코가 나가기를 기다렸다가, 아오야마가 외출한 틈을 타 집 안으로 들어와서 그가 화장실에 갔을 때 요구르트와 꿀에 근육을 이완시켜 잠들게 하는 약을 탄 것이다. 화장실에 가지 않는다면, 안녕하세요, 하고 다가가서 먼저 마취용 스프레이를 사용해도 되지만, 바닥에 쓰러지면 소파에 앉히는 것이 큰 일이다. 성인 남자는 무겁다…….

야마자키 아사미가 밖에서 갱을 안고 돌아와, 축 늘어져 움직이지 못하는 개를 무방비하게 뻗고 있는 아오야마의 양다리 사이로 털썩 던졌을 때 아오야마는 처음으로 공포를 느꼈다. 갱은 의식을 잃었다. 손발이 경직되지 않은 걸로 보아 죽지는 않은 것 같았다. 야마자키 아사미는 검은 스웨터에 묻은 개털을 털면서 현관 옆에 두었던 카메라맨용 가방을 끌고 와 얇고 네모난 가죽 상자를 꺼냈다. 워크맨 헤드폰처럼도 보이는 둘둘 만 은색 줄톱이 나왔다. 지름이 백 엔짜리 정도 되는 링이 양쪽에 달려 있다. 그 하나에 검지를 끼우자, 줄톱은 반짝반짝 빛나면서 일직선으로 아래로 처졌다.

야마자키 아사미는 갱의 한쪽 다리에 줄톱을 한번 감은 후 양 끝을 단단히 잡고 아오야마를 봤다. 화장기는 없었지만, 지금까지와 다를 바 없는 야마자키 아사미의 얼굴이었다. 정말로 괜찮아요? 기뻐라, 진심으로 상담할 수 있는 사람이 제게는 아무도 없어요, 정말 앞으로도 전화를 기다려도 되죠? 그런 말을 할 때 야마자키 아사미의 얼굴과 조금도 다르지 않다. 눈이 광기로 치켜 올라가 있거나 분노로 머리칼이 거꾸로 섰거나 입술을 일그러뜨리며 웃거나 하지도 않았다. 야마자키 아사미의 속에서 뭔가가 변화한 것이 아니다.

야마자키 아사미가 링을 잡고 줄톱을 잡아당기자 갱의 다리가 잘렸다. 인대가 절단돼 늘어나고, 뼈가 잘려 부러지는 기분 나쁜 소리가 났다. 갱의 하얀 뱃털이 눈 깜짝할 사이에 피로 빨갛게 물들었다. 야마자키 아사미는 다른 쪽 다리에 줄톱을 감으려 했다. 아오야마는 안 돼, 하고 소리를 지르려 했지만, 소리가 나오지 않았다. 베르디의 서곡집은 아직 끝나지 않았다. 낮은 볼륨으로 '아이다'가 흐르고 있다. 그만해, 하고 입을 움직였다.

"뭐? 뭐라고?"

야마자키 아사미가 무표정하게 그렇게 물었다. 개가 아니라 나를, 하고 말하려다가 아오야마는 시게히코를 생각했다. 다리를 절단했으니 제대로 지혈하지 않으면 죽을 것이다, 그러면 시게히코는 정말로 혼자가 된다. 그 녀석은 착한 놈이다. 그렇게 착한 녀석은 없다. 그 녀석이 슬퍼하는 것을 상상하고 싶지 않다. 그 녀석을 슬프게 하는 것은 싫다. 첫째, 그 녀석은 아무 잘못도 하지 않았다……. 아오야마는 처음으로 이 여자에게 대항해야 한다고 생각했다.

"당신은 개 다음이야, 개는 목도 자를 거니까."

야마자키 아사미가 갱의 다른 한쪽 다리에 줄톱을 감고 은색 고리를 다시 당겼다. 같은 소리. 아까보다 훨씬 더 많은 피가 뿜어 나와 아오야마의 왼쪽 손바닥에까지 튀었다. 뭔가 방법이 없을까? 누가 와주면 좋겠다. 동네 가게에서 갑자기 오거나 이 집 상태를 수상히 여긴 누군가가 달려와 주지 않으면 안 된다. 절단된 갱의 다리를 정원에 던질 수 있다면 그것을 누군가 보고 이상하게 생각해서 전화를 걸어올지도 모른다. 안 된다, 절단된 개의 다리는 뭔가 다른 물체로 보인다. 실제로 지금 눈앞에 있는 갱의 다리는 도저히 개의 다리로 보이지 않았다. 더군다나 절단된 개의 다리를 본 적이 있는 사람은 아무도 없을 것이다. 불을 붙일까. 이 집을 태우면 소방차가 올 것이다, 나는 움직일 수 있을까? 움직일 수 없어도 굴러서 거실 창을 통해 정원으로 달아날 수는 있을지 모르지만, 근처엔 라이터도 성냥도 없다. 설령 성냥과 라이터를 갖고 있다고 해도 좀처럼 불을 붙일 힘이 없을 것 같다. '아이다' 서곡이 끝나려 하고 있다. 다음은 '가면무도회'고 그다음은 '아롤도'다. 볼륨을 올려볼까? 아오야마는 소파에 구르고 있던 오디오 세트의 리모컨을 주웠다. 갱의 목에 줄톱을 감던 야마자키 아사미가 아오야마 쪽을 보았다. 아오야마는 음량 키를 계속 눌러 소리를 최대로 키운 지점에서 잠금 키를 누르고 리모컨을 소파의 등과 스프링 사이에 찔러 넣었다. 거실 스피커 시스템이 풀 볼륨이 되자 유리가 떨리고 커튼이 흔들렸다. 앰프 용량이 상당해서 소리는 깨지지 않았다. 야마자키 아사미는 리모컨을 찾으려고 소파를 뒤졌다. 리모컨은 스프링 틈 사이에 걸려 쿠션을 전부 뜯어내도 꺼낼 수 없다. 언젠가 시게히코가 꽤 큰 소리로 '미스터 칠드런'을 듣고 있는데, 금세 항의 전화가 걸려 온

적이 있다. 시게히코에 의하면 전화를 한 사람은 이웃 아주머니로 지금 당장 소리를 낮추지 않으면 경찰에 신고하겠다고 했단다. 야마자키 아사미는 리모컨 꺼내기를 포기하고 장식장 옆의 오디오를 향해 걸어갔다. 뭔가 아오야마를 향해 욕지거리를 내뱉고 있지만 베를린 필의 '가면무도회' 전주곡이 거실 전체를 떨리게 할 정도로 큰 소리를 내고 있어서 목소리는 전혀 들리지 않았다. 콘센트는 큰 장식장 뒤에 있어서 코드를 잡아당겨도 빠지지 않는다. CD플레이어의 멈춤 키와 열림 키를 두드렸지만, 잠금을 풀지 않는 한 리모컨 이외의 것으로 조작하지 못한다. 이웃 아주머니가 전화해도 연결이 되지 않아 경찰에 신고만 해준다면 좋겠는데, 하고 아오야마는 생각했다. 풀 볼륨으로 베르디가 울리고 거실의 비현실감이 더욱 강해지고 있다. 양다리를 절단당하고 기묘한 자세로 누워 있는 비글, 절단된 두 다리, 검은 스웨터와 재색 바지에 흙 묻은 스니커즈를 신고 걸어 다니는 미녀, 소파에 기대어 미동도 못 하는 중년 남자. 그 중년 남자의 다리가 던져진 테이블에서 피가 뚝뚝 떨어지고 있다. 아오야마는 갱이 눈을 뜨고 있는 것을 보고 비명을 질렀다. 거실에 울리는 베르디의 대음량과 아오야마의 마비된 성대 탓에 비명은 들리지 않았지만, 양다리를 절단당한 비글의 눈은 아오야마를 소름 끼치게 했다. 통증 때문인지 눈을 뜨고만 있을 뿐 짖지도 않고 몸을 움직이려고도 하지 않는다. 갱은 죽음을 받아들인 눈을 하고 있다. 몸에 남은 미미한 용기마저 뿌리째 박탈당한 눈이다. 동물이건 사람이건 그렇게 쓸쓸한 눈을 그때까지 본 적이 없다. 야마자키 아사미가 앰프의 전원 코드를 자르기 위해 가방에서 나이프를 꺼냈다…….

12

나이프는 접어서 사용하는 손톱깎이용의 작은 것이었다. 휴대용 나이프도 스위스제 군용 나이프도 사냥용 나이프도 아니었다. 핑크색 칼끝은 둥글게 커트 돼 뾰족하지 않다. 야마자키 아사미는 앰프의 전원 코드를 자르려고 하면서도 당황하거나 초조해하는 기색이 전혀 없다. 이 집에 나타나 개의 다리를 자를 때도 표정은 그리 달라지지 않았다. 앰프는 CD플레이어와 카세트 일체형으로 장식장 옆에 놓인 오디오장에 꼭 박혀 있다. 앰프를 끌어내는 것은 불가능하다. 오디오장은 지진 때 쓰러지는 것을 방지하기 위해 쇠붙이로 벽에 고정해 두었다. 그러니 통째로 쓰러뜨릴 수도 없다. 야마자키 아사미는 앰프 바닥의 틈으로 코드를 더듬어 찾아내려고 했다. 테이블에서 포크를 들고 와서 코드를 꺼내려하고 있다. 그러다 코드를 찾아 나이프로 자르면 음악은 멈추고 아오야마의 작은 저항은 끝난다. 검은 스웨터 여자와 피투성이 개가 베르디가 대음량으로 흐르는 거실의 현실감을 빼앗았다. 겨울의 황혼은 짧아 벌써 창밖은 어둡다. 아오야마는 일련의 사태 속에서 자신은 죽게 될 거라는 생각에 지배당했다. 어이없지만 죽음이란 항상 이런 것인지도 모른다고 생각했다. 이제 곧 다리를 절단당한다는 공포에 대한 심리적인 방어인지도 몰랐다. 포기해 버리면 모든 것을 받아들일 수밖에 없게 된다. 야마자키 아사미가 포크로 코드를 더듬고 있다. 채광이 나빠서 거실 등은 줄곧 켜둔 채로 있지만, 비좁은 앰프 바닥 틈에는 빛이 들어가지 않아 야마자키 아사미는 포크로 더듬거릴 수밖에 없다. 아오야마는 갱이 죽은 것을 발견하고 깜짝 놀랐다. 갱이 갑자기 눈을 뜬 후부터 그 얼굴을 되도록 보지 않으려 하고 있었고, 대음량으로 흐르는 베르디 탓에 헐떡임과 호흡이 멈춘 것도 몰랐다. 개는 죽은 지 얼마 되지 않아 유리가 흐려지듯이 안구의 빛과 윤기를 잃어갔다. 벌려진 입에서 재색 혀가 축 늘어졌다. 아오야마는 개의 혀가 그렇게 긴 줄 몰랐다. 갱의 몸속에 있던 거대한 기생충이 다른 주인을 찾으려고 기어나가는 것 같다고 생각했다. 사람도 이렇게 되는 것일까. 처형 직후의 사형수는 오줌을 지리며 혀를 길게 늘어뜨린다고 어딘가에서 읽은 기억이 있다. 사후 몇 분 만에 나도 그렇게 된다, 나도 그렇게 혀를 길게 늘어뜨리고, 빛을 잃고, 표면이 마른 안구를 다른 누군가가 아주 가까운 거리에서 바라보게 된다. 아오야마는 그 광경을 상상했다. 자신도 믿을 수 없을 만큼 또렷하게 그 장면을 상상할 수 있다. 머리로 그린 것이 아니라 실제로 그 풍경이 눈앞에 출현하여 그 상황을 방관자로서 어딘가에서 보고 있는 듯한 느낌이었다. 양 발목을 절단당한 자신이 혀를 축 늘어뜨리고 죽어 있다. 경찰관이 몰려오고 백의를 입은 검사관이 안구를 살핀다. 안구 건조로 사망 시간을 추정할 수 있을지도 모른다. 빛과 윤기를 잃은 눈은 박제 호랑이나 곰의 눈에 박힌 유리알과 같다. 리에가 앞치마에 얼굴을 묻고 울고 있고 시게히코는 망연자실하여 우두커니 서 있다. 시게히코는 아오야마의 마른 안구와 길게 늘어뜨린 혀를 보고 있다. 어째서 나는 이런 것을 상상하는 걸까. 약 때문에 뇌가 이완됐어, 하고 생각하는데 갑자기 명치끝에 견디기 힘든 불쾌감이 끓어올랐다. 구토나 현기증, 아픔 같은 구체적인 증상이 아니라, 내장 틈에서 뭔가가 폭발한 듯한 격렬한 불쾌감이었다. 아주 짧은 순간, 일시적으로 혈류를 부활시켜 개의 사체를 끼고 테이블에 던져져 있는 아오야마의 다리가 작게 떨렸다. 뇌와 신경의 지시로 죽음을 받아들여서 내장이 화난 거야, 하고 아오야마는 생각했다. 내장이 불쾌감을 나타내고 있다. 달아나서는 안 된다. 다리에 힘껏 힘을 주어봤다. 허리 아래의 감각이 뇌 속에서 절단됐다. 손가락과 손은 움직인다. 손을 몇 번이나 꽉 쥐자 조금씩 감각이 돌아왔다. 목도 움직인다. 등을 구부려 오른손으로 왼손을 들듯이 올려서 목을 앞으로 기울여 손바닥을 깨물었다. 어렴풋이 아픔이 느껴졌다. 야마자키 아사미가 이쪽을 돌아봤다. 앰프의 전원 코드를 찾은 것 같다. 아오야마는 손바닥을 일정한 리듬으로 세게 깨물기를 계속했다. 조금씩 왼쪽 팔의 감각이 돌아오고, 다음에 오른손으로 바꾸려고 했을 때 찰칵하는 큰소리가 나더니 음악이 끊기고, 불빛도 모두 사라졌다. 코드가 노출된 동선에 닿아 차단기가 내려간 것이다. 창밖은 이미 상당히 어두워져 야마자키 아사미의 모습은 희미한 어둠에 녹아들어 보이지 않았다.

"차단기는? 어디?"

이윽고 바로 옆에서 소리가 났다.

"지금은 말할 수 있을 거야, 어디에 있어?"

아오야마의 얼굴 바로 옆에서 야마자키 아사미가 소리를 내고 있다. 어두워서 얼굴 윤곽만 보일 뿐이지만, 그것은 수십 번이나 껴안고 키스할 때와 다름없는 모습이다. 손을 뻗으면 닿을 거리에 그 얼굴은 있고 당장이라도 눈을 감고 입술을 내밀 것 같다. 수백 번, 수천 번 머릿속에 그렸던 옆얼굴의 윤곽, 이 얼굴은 아무리 쾌락에 일그러져도 절대 추해지는 일은 없었다. 불쾌감과 달아나고자 결심한 것을 모두 잊어버리고 그 단정한 옆얼굴에 빠져든 순간 야마자키 아사미는 갑자기 아오야마의 뺨을 때렸다. 포크가 입술 끝에 세게 닿아 피부가 찢겨 턱 끝까지 피가 흘렀다. 뼛속까지 아픔을 느끼고, 아오야마는 양손으로 얼굴을 가렸다.

"차단기는?"

야마자키 아사미가 억양 없는 소리로 거듭 물었다. 때리거나 상처 입히는 것에 위화감이 없고 한치의 주저도 없다는 듯 담담한 말투다.

"주방에 있어."

아오야마는 아주 작은 목소리로 대답했다. 아직도 제대로 소리가 나오지 않는다. 정확하게 주방 옆에 있는 다용도실 벽에 차단기가 있다. 어두운 주방에서 다용도실 문을 찾아 열고 세탁기 뒤쪽 높은 곳에 있는 차단기 상자를 찾는 일은 간단하지 않다. 상당한 시간을 벌 수 있다. 그동안에 운이 좋으면 2층으로 달아날 수 있을지도 모른다. 2층에는 아오야마의 침실과 시게히코의 방이 있다. 시게히코의 방은 안쪽에서 잠글 수 있는 열쇠가 있고 전화도 있다. 야마자키 아사미는 주방으로 가기 전, 손에 든 포크로 아오야마의 다리를 향해 내리찍었다. 아오야마는 엉겁결에 몸을 굳혔지만, 야마자키 아사미가 노린 것은 갱의 사체였다.

포크는 기분 나쁜 소리를 내며 개의 목덜미에 얕게 꽂혔다. 야마자키 아사미는 갱이 죽은 것을 몰랐을 것이다. 비글의 피부는 두껍게 늘어져 있어서 이윽고 포크는 빠져 테이블에 떨어졌다. 야마자키 아사미가 주방으로 모습을 감춘 후부터 맞은 뺨의 통증이 되살아났다. 공포로 마비됐던 아픔이 더 강하게 되살아난 것이다. 마취 없이 치아를 뺀 듯한 통증이 얼굴 왼쪽을 덮고 있다. 찢어진 입술에서 흐르는 피가 입안으로 들어와 느껴지는 그 축축한 감촉은 아오야마의 전의를 빼앗았다.

운동화 바닥 고무가 마룻바닥을 밟는 소리가 들렸다. 뒤를 돌아보니 양손을 앞으로 내밀고 손으로 더듬거리며 주방으로 이동하는 야마자키 아사미의 실루엣이 보였다. 움직임은 느리다. 사기와 유리그릇과 화병을 잘못 건드려 깨트리는 일이 없도록 신중하게 행동하고 있다. 아오야마는 먼저 양손을 사용하여 다리를 한쪽씩 들어 올려 소파에 기대듯이 누웠다. 양손을 바닥에 짚고 야마자키 아사미가 눈치채지 못하도록 몸을 바닥으로 던졌다. 소파가 그다지 높지 않고 털이 많은 카펫이 깔려 있어서 거의 소리가 나지 않았다. 손과 팔꿈치를 이용하여 바닥을 기어서 계단으로 향했다. 금세 호흡이 거칠어졌다. 차단기가 내려진 어두운 방은 에어컨과 환기통과 가습기가 모두 멈춰 더욱 조용하다. 숨소리도 들려서는 안 된다. 아오야마는 어깨로 입을 막

듯이 하고 조금씩 몸을 이끌었다. 아까는 조금 소리가 났다. 비명을 질러볼까. 옆집에서는 텔레비전이나 피아노 소리가 들려온다. 벽 하나 사이로 있는 것이 아니어서 한두 번 목청껏 소리를 질러봤자 이웃 사람들이 이상하게 생각할 리 없을 것이다. 이내 야마자키 아사미가 되돌아와서 그 자연스러운 표정으로 또 무슨 짓을 하겠지. 개의 목에 포크를 찌른 여자이다. 비명을 질러봐야 의미가 없다.

해가 완전히 저물어 거실은 더욱 어둠이 짙어졌지만, 테이블 있는 위치에서 계단까지 가는 방향은 알고 있다. 난방이 끊겨 방은 조금씩 추워졌지만, 아오야마의 겨드랑이와 이마에서는 땀이 흐르기 시작했다. 발끝에 조금씩 감각이 살아나 카펫을 차버릴 수 있게 됐다. 겨우 계단 아래에 이르렀을 때 주방에서 뭔가 소리가 나더니 실내 전체가 환하게 밝아졌다. 야마자키 아사미가 전기 차단기를 발견했다고 생각하자 땀이 순식간에 차갑게 식었다. 야마자키 아사미가 가스레인지를 발견하고 빛을 이용하기 위해 자동 점화 스위치를 켠 것이었다. 다용도실 문도 곧 발견하게 될 것이다.

아오야마는 계단을 오르기 시작했다. 계단은 두꺼운 한 장짜리 판자의 발판 한쪽 끝을 벽에 묻고, 다른 한쪽 끝은 천장에서 바닥으로 비스듬하게 늘어뜨린 두꺼운 철 파이프에 볼트로 고정

돼 있다. 손잡이가 없는 오픈 된 느낌이 마음에 들었지만, 요시코의 의견으로 시게히코가 혼자 걷기 시작했을 무렵에 짧은 난간을 달았다. 나지막한 난간은 비닐 로프로 연결돼 있다. 아오야마는 몸을 옆으로 해서 오른손으로 난간을 왼손으로 비닐 로프를 잡고 발끝으로 발판을 밀어내듯이 하면서 한 칸씩 기어 올라갔다. 한 칸 오를 때마다 호흡을 가다듬는다. 계단은 전부 열두 칸이며 다 올라가면 시게히코의 방이다. 옛날식 건물이어서 시게히코의 방은 판자가 두꺼워 도끼나 망치가 아닌 한 여자의 힘으로는 부술 수 없다. 신음을 죽이면서 아오야마가 네 칸째에서 다섯 칸째로 올라서려 할 때 다용도실 문이 열리는 소리가 들렸다.

서두르지 마라, 하고 아오야마는 자신에게 타일렀다. 다용도실은 좁고 어둡다. 게다가 차단기는 상당히 높은 위치에 있어서 야마자키 아사미의 키로는 발꿈치를 들어도 닿지 않는다. 야마자키 아사미는 발판을 할 만한 걸 찾아야 한다. 여섯 칸째에서 일곱 칸째로 오를 때 왼쪽 다리 정강이를 발판 모서리에 부딪혔다. 긴장과 절박감 탓인지 아픔은 거의 느껴지지 않았다. 야마자키 아사미가 놓은 근육이완제 탓이 아니라 긴장과 공포 때문일 것이다. 손바닥에 땀이 흘러 비닐 로프를 잡는 것도 힘들어졌다. 손바닥을 바지와 셔츠에 닦았다. 주방 쪽에서 뭔가 소리가 들릴 때마다 아오야마는 온몸에 소름이 돋았다. 아오야마의 혀에다 주삿바늘을 찌르고, 줄톱으로 비글의 다리를 자르고, 핑크색 나이프로 앰프의 전원 코드를 끊고, 죽어 움직이지 않는 개의 목덜미를 포크로 찌르는, 그 어떤 상황에서도 야마자키 아사미의 표정은 한결같았다. 표정을 전혀 바꾸지 않고 포크로 상대를 찌를 수 있는 사람을 아오야마는 처음 봤다.

상대를 느닷없이 때리는 사람은 격정에 지배되고 있다. 감정이 의식 밖으로 노출돼 폭력이 된다. 그래서 팔과 어깨와 폐의 근육과 함께 표정을 만드는 근육도 변화한다. 감정을 죽이고 폭력을 휘두를 때는 거꾸로 밋밋하고 부자연스러운 얼굴이 된다. 야마자키 아사미는 스웨터에 묻은 개털을 털 때와 똑같은 표정으로 포크를 갱의 목덜미에 꽂았다. 일곱 단째에서 여덟 단째에 몸을 밀어 올리며 아오야마는 야마자키 아사미의 말을 떠올렸다. ……아버지의 장례식날에는요, 양아버지도 휠체어를 타고 왔어요, 나는 유치원생이었으니 아직 여섯 살인가 그랬어요, 그 아이는 아버지가 죽었다는 것의 의미를 모르겠죠? 불경을 읽을 때 어디선가 벌이 날아왔어요. 스님이 불경을 읽으면서 벌을 쫓으려 하는 것이 재미있어서 나는 웃어버렸어요, 계속 고개를 숙이고 웃어서 모두 내가 정신이 돌았다고 생각했던 것 같아요. 처음으로 양아버지에게 맞았을 때 그런 말을 들었어요. 그럴 때 소리 내 웃다니 사람도 아냐, 그렇게 말하며 양아버지는 나를 계속

때렸어요……. 열 칸째의 난간에 손을 짚고 발끝과 무릎을 사용하여 몸 전체를 일으켰다. 이제 두 칸만 오르면 층계참에 도달한다. 양팔과 어깨가 지쳐왔지만, 하반신의 감각이 조금씩 되살아나고 피가 돌기 시작했다. 열한 칸째의 난간에 오른손을 짚고 비닐 로프를 왼손으로 잡았다. 시게히코의 크림색 방문이 어둠 속에서 뿌옇게 떠올랐다. 주방 쪽에서는 달그락거리는 소리가 한동안 들리지 않고 있다. 이제 이것으로 괜찮지 않을까 하고 생각했을 때, 계단 아래쪽에서 야마자키 아사미가 웃는 소리가 들려왔다. 등에서부터 목덜미에 걸쳐 그 웃음소리가 차갑게 달라붙어 아오야마는 비닐 로프에서 소리가 날 정도로 떨기 시작했다.

"거기 있었어? 잠깐 코드를 고치고 올 테니까 기다려."

아오야마는 혼란스러워졌다. 앞으로 두 칸만 몸을 끌어올리면 층계참에 갈 수 있는데, 발끝과 무릎은 발판 위에서 달각달각 소리를 내며 공회전했다. 열두 칸째에 난간을 잡으려고 애쓰다 오른손이 미끄러져 하마터면 계단에 굴러 떨어질 뻔했다. 놀람과 공포가 머릿속에 가득해 아무것도 생각할 수 없다. 온몸을 덮는 소름이 사라지지 않았다. 악몽 속에 던져진 것 같다.

등 뒤에 누군가가 다급하게 왔지만, 몸은 생각대로 움직이지 않았다. 손과 발의 움직임이 제각각이다. 아오야마는 마치 진흙탕에서 헤엄치고 있는 듯했다.

"그럼, 거기서 발을 잘라줄게."

야마자키 아사미가 그렇게 말하며 집안의 모든 전등을 켜자 시게히코의 방문이 크림색으로 빛났다. 야마자키 아사미는 갱의 다리 근처에 있던 줄톱을 주워 천천히 계단을 올라왔다. 싫어, 하고 아오야마는 목을 떨며 소리를 냈다. 싫어, 싫어, 싫어. 소리가 제대로 나오고 있는지 어떤지 모른다. 관자놀이에 뭔가가 고여 있다가 야마자키 아사미가 발을 만졌을 때 그것이 파열하여 악몽과 현실이 뒤섞였다.

"이제 잠깐 이쪽을 봐. 발이 없어지는 장면을 보고 싶지 않아?"

은색의 가는 금속 줄이 왼쪽 발목에 감기고 야마자키 아사미는 아오야마의 눈을 말끄러미 들여다보며 단숨에 링을 좌우로 당겼다. 줄톱이 발목의 피부에 파고들어 가 보이지 않게 됐나 싶자, 마치 마술가처럼 복사뼈의 끝이 뚝하고 떨어졌다. 조금 사이를 두고 부지직하고 아킬레스건이 절단돼 튕겨 나가는 소리가 났다. 몸에서 떨어진 아오야마의 발은 발판 위에 떨어져 처음에는 뼈의 자른 면도 하얗게 보였지만 이윽고 흐르는 피로 전체가 빨갛게 됐다.

"이봐."

야마자키 아사미가 그 절단된 발을 가리키며 아오야마의 다른 한쪽 발을 흔들었다.

"말미잘 같다고 생각하지 않아?"

끝이 잘린 왼쪽 발은 폐액을 토해내는 파이프 같다. 피가 철철 소리를 내며 계단을 타고 흘러내려 거실로 흘러들었다. 그것을 망연히 보고 있는 아오야마에게 갑자기 압도적인 통증이 엄습해 왔다. 통증이 온몸에 달라붙은 듯하다. 셔츠 위로도 격렬한 심장의 고동이 보였다. 다음 순간, 이상한 일이 일어났다. 아픔과 쇼크로 정신을 잃을 것만 같아 머리를 세차게 흔들며 그것에 저항했을 때, 까닭 모를 고요가 의식에 가득 차고 여자를 차버리라고 하는 지시가 내려졌다. 야마자키 아사미는 여덟 단째 계단에 쭈그리고 앉아 아오야마의 오른쪽 발에 줄톱을 감으려고 하는 참이었다.

아오야마는 오른발로 발판을 짚고 배에 힘을 주어 무슨 일인가 하고 올려다보는 야마자키 아사미의 이마 언저리를 피가 흘러넘치는 발목으로 밀었다. 그것은 한심할 정도로 약한 킥이었다. 야마자키 아사미는 대량의 피 세례를 받는 꼴로 여덟 칸째의 발판에서 균형을 잃었다. 줄톱 링에서 손을 떼고 오른손으로 난간의 비닐 로프를 잡으려고 했다.

아오야마는 한 번 더 잘린 발목으로 얼굴을 향해 걷어찼다. 이번에는 아까보다 세게 찼다. 철썩하는 기분 나쁜 소리가 나고 발목이 야마자키 아사미의 눈에 정통으로 맞았다. 야마자키 아사미는 완전히 균형을 잃고 공중에서 몸을 반회전 시키면서 옆으로 구르며 쓰러졌다. 둔탁한 소리가 나고 그 기세로 다리가 들리며 뒤로 한 바퀴 돌아 벽에 허리를 부딪치더니 움직이지 않았다. 함께 굴러 떨어진 아오야마의 왼발이 그 바로 옆에 있다. 아오야마에게는 야마자키 아사미의 상태를 관찰할 여유가 없었다. 왼쪽 발목의 출혈로 쇼크 상태가 심해졌기 때문이다. 야마자키 아사미는 오른쪽 어깨를 움직이며 얼굴을 들려고 하다 다시 고개를 떨어뜨렸다. 아오야마는 신중하게 먼저 왼팔을 난간에 감고 아홉 칸째의 발판에 앉은 자세로 몸을 안정시켰다. 온몸의 떨림이 심해졌다. 이가 달그락달그락하는 소리가 났다. 애써 소매 단추를 벗긴 후 양손으로 셔츠를 찢었다. 셔츠는 두 장으로 찢어졌다. 한 장을 두 겹으로 접어서 절단된 발목에 댔다. 셔츠는 눈 깜짝할 사이에 피를 빨아먹어 무거워졌다. 또 한 장으로 그 위를 묶었다. 바지에서 벨트를 뺐을 때, 야마자키 아사미가 양손을 짚고 몸을 일으키려 하고 있었다. 아오야마는 벨트 빼는 것을 중단하고 아직 오른쪽 발목에 감겨 있는 줄톱을 뽑았다. 링에 손가락을 넣어 들고 보니 의외로 상당히 무겁다. 줄 모양의 날에는 전혀 피가 묻어 있지 않다. 아오야마는 벨트를 빼서 허벅지에 말았다. 손에 힘이 들어가지 않아서 좀처럼 세게 말수가 없었다. 버클 끝을 통하여 벨트를 힘껏 잡아당긴 후 비틀어서 허벅지 살에 깊이 박히게 했다. 야마자키 아사미는 몸을 일으키려다 오른쪽 팔이 힘없이 휜 채로 얼굴을 들고 아오야마를 봤다. 오른쪽 팔은 팔꿈치에서 끝이 이상한 형태로 굽어 있다.

얼굴은 피투성이었지만 그것은 계단에서 떨어질 때 생긴 상처가 아니라 아오야마의 발목에서 나온 피다. 쓰러져 떨어진 자세에서 보면 얼굴은 다치지 않았을 것이다. 야마자키 아사미는 두 번째 칸 발판 모서리에 어깨를, 첫 번째 칸에 후두부를 부딪쳤다. 야마자키 아사미는 오른손을 덜렁거리면서 왼손만으로 몸을 지탱하여 카펫에 앉았다. 왼손으로 얼굴의 피를 닦고 후두부를 살짝 눌러보았다. 아오야마는 의식을 잃을 것만 같아 입술을 세게 깨물며 참았다. 야마자키 아사미가 얼굴을 들고 뭐라고 말하는데 잘 알아들을 수는 없었다. 아오야마는 계단에서 더 이상 움직일 수가 없었다.

그때, 현관 벨이 울렸다. 야마자키 아사미는 카펫을 기어 현관으로 향하면서 바지 뒤쪽 주머니에서 원통형 물건을 꺼냈다. 마취용 스프레이일 것이라고 아오야마가 생각하고 있을 때 현관문이 열렸다.

"뭐 하세요?"

시게히코였다. 야마자키 아사미는 비틀거리면서 일어나 마취용 스프레이를 들고 시게히코에게 다가가려고 했지만 발을 헛

디디며 넘어질 뻔했다.

"도망쳐, 시게히코. 도망치라고."

아오야마는 소리쳤다. 소리는 약하디 약해서 몇 번이나 잦아들었지만, 그래도 시게히코에게는 들렸다. 시게히코는 피투성이인 아버지와 앞으로 다가오는 낯선 여자와 테이블 위의 갱을 보고 할 말을 잃고 스키를 든 채 우두커니 서 있다.

"도망쳐."

아오야마가 한 번 더 그렇게 소리치자 시게히코는 스키판으로 야마자키 아사미를 치려고 몸의 태세를 바꾸었다. 아오야마는 야마자키 아사미가 그대로 현관으로 달려가 도망가기를 바랐다. 그러나 야마자키 아사미는 그렇게 하지 않았다. 현관문을 뒤로하고 스키판을 들이대는 시게히코를 쫓아가려고 했다. 들리지 않는 목소리로 뭐라고 중얼거리고 있다. 시게히코는 갱의 시체와 아오야마를 그대로 쳐다보더니 야마자키 아사미를 향해 소리쳤다.

"너, 넌, 누구야?"

야마자키 아사미는 오른손을 흔들거리며 시게히코를 쫓았다.

"죽여!"

아오야마는 그렇게 외쳤다. 자신도 믿을 수 없었지만 그렇게 소리치고 있다.

"시게히코, 죽여, 죽여! 죽이라고, 죽여!"

야마자키 아사미는 몽유병자처럼 시게히코를 쫓으면서 때때로 마취용 스프레이를 뿌리려고 했다. 몸이 흔들려서 스프레이는 겨냥하는 곳과는 다른 방향으로 액체를 분사했다. 마취용 스프레이의 찌르는 듯한 강한 냄새가 거실에 떠돌았다. 야마자키 아사미는 무슨 말인가를 계속 중얼거리고 있다. 시게히코는 스프레이를 맞지 않도록 주의하면서 테이블 위 요구르트 통을 들어 아주 가까운 거리에서 야마자키 아사미의 눈을 향해 던졌다. 유리컵은 야마자키 아사미의 눈과 눈 사이에서 깨져 야마자키 아사미는 요구르트를 흠뻑 뒤집어썼다.

야마자키 아사미는 던진 컵에 미간을 베어 하얀 요구르트가 섞인 선혈을 뿜었다. 그래도 야마자키 아사미는 뭐라고 중얼거리는 것을 멈추지 않았다. 야마자키 아사미의 미간에서 유리컵이 깨졌을 때 폭력에 익숙하지 않은 시게히코는 순간 멈칫했다. 야마자키 아사미는 얼굴의 요구르트와 피를 소매로 닦더니, 갑자기 누군가를 부르는 듯한 자세로 왼손을 내밀며 스프레이를 분사했다. 시게히코는 대각선 방향으로 몸을 뒤로 뺐지만, 얼굴 왼쪽에 액체가 조금 튀었다. 아아, 빌어먹을, 하고 소리치면서 얼굴을 누르고 장식장 쪽으로 비틀비틀 달아났다. 야마자키 아사미는 뒤를 쫓으려고 했지만, 어찌 된 이유인지 왼손으로 머리를 누르며 멈춰 섰다. 동시에 줄곧 계속되던 중얼거림도 멈췄다. 시게히코는 장식장 서랍에서 열쇠를 찾아 문을 열고, 아오야마가 마닐라에서 산 몇 자루의 컴배트 나이프를 꺼냈다. 그 가운데 한 자루, 경질 플라스틱 손잡이가 달린 큰 나이프를 거꾸로 들고 머리를 누르며 멈춰 서 있는 야마자키 아사미의 목에 내려쳤다. 야마자키 아사미는 무릎을 꿇고 카펫에 쓰러졌다.

시게히코는 나이프를 든 채 아오야마에게 다가왔다.

"뭐예요, 이 여자는?"

"그보다 경찰과 구급차를 불러줘."

"그럴게요."

전화하러 가는 시게히코를 아오야마가 불러 세웠다.

"어이, 시게히코, 저 여자가 뭐라고 그래?"

"예?"

"뭐라고 중얼거리더냐고?"

"줄곧 거짓말쟁이, 거짓말쟁이라고 하던데요. 도대체 무슨 일이에요?"

스프레이를 맞은 왼쪽 눈을 누르면서 시게히코는 토해내듯이 말했다.

"아냐, 아무 일도."

아오야마는 그렇게 말하고 힘없이 고개를 저었다.

작가의 말

악녀는 지금까지 이 나라 소설에 많이 등장했다. 그러나 그들은 어딘가 귀여웠다. 이를테면 아베 사다(내연남의 성기를 자른 엽기적 살인 사건의 주인공으로 영화 '감각의 제국'도 이 실화를 바탕으로 한다 —옮긴이)도, 야오야오시치(1666년생인 에도 소녀로 동자승을 짝사랑하여 방화를 했으나 미수에 그쳤다. 그러나 방화 미수범으로 화형당했다 —옮긴이)도 한 남자에게 금단의 사랑을 갈구했다는 점에서 귀여웠다.

트라우마라는 말은 이미 풍화되고 있지만, 그렇다고 해서 트라우마를 안고 살아가는 사람들이 트라우마에서 벗어난 것은 아니다.

이 소설 주인공인 야마자키 아사미는 치유되지 않은 트라우마와 함께 살고 있다. 누구도 그를 구원할 수 없으며, 그에게 구원이라는 개념이 없다. 게다가 지금 이 나라에서 야마자키 아사미 같은 사람은 절대 특별하지 않다.

야마자키 아사미 같은 악녀 이야기를 나는 지금까지 쓴 적이 없다.

사랑이 없으면 사람은 더욱 흉포해진다는 의미의 말을 한 사람은 영화 〈에덴의 동쪽〉 감독 엘리아 카잔이지만, 사랑이 없는 사람은 흉포해지지 않으면 살아갈 수 없다는 의미도 될 것이다. 그리고 현재 이 나라는 국민 전부가 '흉포'해져도 이상하지 않은 상황이 되어가고 있다.

요컨대 우리는 이제 야마자키 아사미를 더 이상 '귀엽다'고 할 수 없는 세상에 살고 있다.

이 소설은 《펜트하우스 재펜》에 연재된 작품이다. 담당 편집자를 비롯하여 단행본 출간에 도움을 주신 분들 모두에게 감사드린다.

뉴욕에서 무라카미 류

오디션

초판 1쇄 발행일 2004년 6월 14일
2판 1쇄 인쇄일 2023년 3월 27일 • 2판 1쇄 발행일 2023년 4월 14일
지은이 무라카미 류 • 옮긴이 권남희
펴낸곳 도서출판 예문 • 펴낸이 이주현
표지디자인(제공) 안태희, (주)히스토리필름
등록번호 제307-2009-48호 • 등록일 1995년 3월 22일 • 전화 02-765-2306
팩스 02-765-9306 • 홈페이지 www.yemun.co.kr
주소 서울시 강북구 도봉로37길 28, 3층

ISBN 978-89-5659-464-4 03830